AF198905

Tulli Bloom

Tendolis Timbre

Tulli Bloom

TULLI BLOOM

geboren 1954 in Berlin, dort heute lebend geprägt vom Aufwachsen in einer Großfamilie über 30 Jahre lang kreativ im pädagogischen und musischen Bereich engagiert positiv, aber nicht unkritisch in die Welt blickend wünscht sich, mit ihren Texten ein Gegengewicht zum Zerstörerischen, Lieblosen zu schaffen setzt sich für die Wahrung der Würde alter und geschwächter Menschen ein ist Fürsprecherin der Kinder und deren Recht auf „echte" Kindheit betreibt bewusst keine Website Veröffentlichungen: Erzählungen, Lyrik, Kurzgeschichten, Erzählende Sachbücher, Drehbücher

Tbloom@holygolightly.net

Tulli Bloom

Tendolis Timbre

Bibliografische Information der Deutschen Nationalbibliothek: Die Deutsche Nationalbibliothek verzeichnet diese Publikation in der Deutschen Nationalbibliografie; detaillierte bibliografische Daten sind im Internet über dnb.dnb.de abrufbar.

Herstellung und Verlag: BoD – Books on Demand, Norderstedt

ISBN 978-3-7448-9207-0

♫ Einstimmung ♫

Mein Erleben beginnt, mit meiner Phantasie, mit einer Geschichte zu flirten. Die Drei halten mich, drehen mich sanft in einen schwingenden Tanz hinein. In dessen Rhythmus setze ich meine Schritte.

Auf holprigem Kopfsteinpflaster gehe ich langsamer. Erst recht hier, wo ich an einen Ort geraten bin, der mich angenehm umfängt, mich neugierig macht. Ein altes Hofensemble, im eckigen Rund angeordnete Häuser. Ein Idyll mitten in der Stadt; sagen wir, am Rande dieser.

Ich gehe an dem kleinen Häuschen vorbei, das Verkaufsraum einer Gärtnerei ist, Pflanzen rechts und links des Weges ein lockeres Spalier. Ich schlendere weiter Richtung Platzmitte. Vor mir, einige Meter entfernt vor der quer stehenden Scheune, ein blau angestrichenes Taubenhaus. Es wirkt wie ein Taubenschloss, mit Türmchen und Erkern bei den Ausflugfenstern. Da möchte man Taube sein!

Ich wende den Blick nach rechts, zu dem Gebäude, das früher einmal ein Stall gewesen sein mag und nun einem Café und einem Bioladen als Raum dient. Mein Blick schwadroniert, schwenkt nach links, dorthin, wo die Scheune rechtwinklig in eine Galerie mit Glasfront übergeht. Durch die Fensterscheiben bekomme ich eine Vorahnung auf recht große, farbintensive Bilder, die dort ausgestellt sind. Ein wenig weiter muss ich den Kopf nach links drehen, um die Fortsetzung des Gebäudekomplexes mit dem überdachten Eingang zu einer Bildhauer-Galerie zu betrachten. All das zusammen wirkt auf mich, als sei ich bei einer Landpartie zufällig in ein Dorfgehöft geraten. Wenige Menschen habe ich mit meinem Blick eingefangen – den freundlich gelockten Gärtner mit seiner ledernen Arbeitsschürze, eine Besucherin, die zielstrebig das Café betrat, bevor sie gleich wieder hinaus kam und an einem der draußen aufgestellten Gartentische Platz genommen hat, die Bewegung der schemenhaften Gestalt im Inneren der Bildergalerie und einen Lieferanten, der gerade Getränkekisten mit einer Karre über das Pflaster schiebt, dass es nur so rappelt und klappert.

Sonst Stille. Vereinzelte Vogelstimmen. Und plötzlich ein Hahn, der mit seinem Kikeriki wohl sagen will: Falls du mich noch nicht bemerkt haben solltest....

Wilder Wein will sich an dem dicken Draht winden, von der Scheune zum Stallgebäude gespannt. Wie aus dem Nichts eine Glyzinie mit ihren verschwenderischen Blütendolden vom Stalldach herunter an den Fenstern vorbei tropfend. Im rechten, offenen Teil der Scheune vornean zwei Tische, dahinter derbe Holzregale mit beliebig angeordneten Gefäßen aus Ton und Stein, kleine Skulpturen auflockernd dazwischen platziert. Heimelig ist es hier, wie aus der sonst geltenden Zeit genommen. Es fühlt sich an, als würde mir jemand behutsam wortlos aus meiner Jacke helfen, um mir statt ihrer ein luftig leichtes Gewand überzustreifen. Mit diesem um die Schultern steuere ich auf den Eingang des Bildhauer-Ateliers zu. Das hölzerne Windfang-Vorhäusl wird wohl selbst bei Sturm und Regen schützend willkommen heißen. Ich lese die hier ausgestellten Informationen über die Bildhauerin und deren Arbeit. Kurzentschlossen ziehe ich am schmiedeeisernen Klingelband. Gleich darauf öffnet eine jugendlich erscheinende Frau die Tür, groß und schlank, glatte, lange Haare. Sie wirkt nordisch, trägt Jeans, dazu Accessoires, die mit Sicherheit indianischen oder kanadischen Ursprungs sind. Freundlich erkundigt sie sich nach meinem Anliegen. Und schon stehe ich in dem Raum, in dem sie einige ihrer Werke ausstellt – große und kleine, aus Stein, Holz, Metall. Sie fordert mich auf, in Ruhe zu schauen. Das tue ich gerne. In aller Ruhe.

Ich sehe allerlei Kunstwerke frei stehend oder auf Flächen liegend, sitzend. Dort am Treppenschenkel ein schmaler Tisch – einem Hafenbecken gleich, in dem sich unterschiedliche Schiffchen zusammengefunden haben; Lebensschiffchen getauft von der Schöpferin, die mir etwas zur Entstehung und Bedeutung dieser ganz unterschiedlichen Boote erzählt. Manche haben ihr sanft ausgehöhltes Inneres in Blattgold geschmiegt.

Im hinteren Bereich des Raumes sind in den Fächern weißer Regale kleinere Plastiken ausgestellt. Ich gehe auf sie zu. Sofort wird mein Blick magisch angezogen von diesem einen kleinen

Bronze lebendig gewordenes Wesen, das mich zu rufen, bewusst zu locken scheint. Ich gehe näher und sehe dieses Tierchen dort in einem der hinteren Regalfächer – fast wie versteckt, zurückgezogen.

Welch ein lebendiges Wesen aus scheinbar totem Material! Bronze. Hart, fest und unnachgiebig. Unbeweglich, starr. Eine Kreuzung aus Fuchs und Schnecke? Oder Sphinx und Fuchs? Lasse ich meinen Blick weiter wandern, über den Hals zum Rücken, meine ich, dort sitzt ein eleganter kleiner Hund. Der allerdings hätte ja keine Ausformungen, die an einen solchen Drachenrückenzackenkamm erinnern. Und sein Schwanz – er gleicht einem aufgespannten Fächer. Alles zusammen verleiht dem kleinen Bronzewesen etwas von einem Zauber, etwas Mystisch-Geheimnisvolles. Erdung und Aufbruchsbereitschaft zeigt sich in der gesamten Körperhaltung. Ich schaue aus verschiedenen Blickwinkeln, von vorne, rechts und links und spüre, dass meine Hand vorsichtig nach ihm greifen will. Eine enorme Anziehungskraft geht von ihm aus! Ohne ausgeformte Details, ohne klar erkennbare Augen, ohne ausgeprägtes

Maul hat dieses Tierchen eine facettenreiche Ausstrahlung: friedlich vor allem. Ein wenig verträumt melancholisch vielleicht, zugleich hellwach. Aufbruchsbereit, in sich versunken. Abwartend offen.

Die Künstlerin weckt mich aus meinem gedankenversunkenen Empfinden.

„Das ist mein kleiner Drache. Ein Fehlguss. Er ist unverkäuflich."

Und im nächsten Moment tut sie etwas, das endgültig meine Freundschaft zu dem kleinen Drachen besiegelt. Sie nimmt ihn vorsichtig aus dem Regal, setzt ihn in das Nest ihrer einen Hand und streicht mit dem Nagel eines Fingers der anderen zart über seinen Drachenschwanz, der für mich bislang auch an das aufgeschlagene Rad eines Pfaus erinnerte – einem filigranen, hauchdünnen Gebäck ähnlich in seiner Beschaffenheit. Aus diesem ertönt nun ein zarter Klang, hell metallisch, dem Zusammenspiel mehrerer kleinster Zimbeln ähnlich. Wie verzaubert stehe ich da. Diese bisher verborgene Besonderheit bestätigt auf wundersame Weise mein Gefühl für diesen kleinen Bronzedrachen, der ein Fehlguss sein soll... Für mich ist er besonders gelungen, ausdrucksstark. Ein in kleines Wesen, das eine besondere Sprache spricht zu mir. Mit unverwechselbarem Timbre in der Stimme. Nun setzt die Künstlerin ihn in meine Handinnenfläche und es würde mich nicht wundern, würde er sich plötzlich bewegen oder etwas erklingen lassen - nicht durch menschliche Einwirkung erzeugt.

Man soll sein Herz nicht an Dinge hängen, das weiß ich wohl. Aber schon hängt mein Herz an diesem kleinen Drachen.

Ihm scheint das zu gefallen, denn er guckt mich unverändert lieb an, als er wieder an seinen Platz im Regal zurückgekehrt ist.

Ich sehe mir nun zwar auch noch weitere Werke der Bildhauerin an, aber, ehrlich gesagt, mein Interesse an ihnen ist mäßig. Mein Blick will immer wieder zum kleinen Drachen wandern.

Unverkäuflich heißt: er bleibt, wo er ist. Bei seiner Schöpferin. An seinem Platz hier.

Ich verabschiede mich, nachdem ich mich zu einem Bildhauer-Workshop angemeldet habe.

♫

Der kleine Drache will mir nicht aus dem Kopf gehen, hat sich irgendwo in meinem Inneren eingenistet. So besteht in mir der Wunsch, zumindest ein Foto von ihm zu besitzen. Also setze ich mich einige Tage später mit der Bildhauerin in Verbindung, trage ihr meinen Wunsch vor und vereinbare einen Termin. Denkt sie, ich bin irgendwie verrückt, weil der kleine Drache sich solch eine Bedeutung bei mir erobert, eine Saite in mir zum Klingen bringt? Nein, eher muss es ihr doch schmeicheln, ein so eindrucksvolles Werk geschaffen zu haben. Entsprechend freundlich und zugewandt ist ihre Reaktion.

Ich besuche sie und mache Fotos vom kleinen Drachen – an verschiedenen Orten ihres Gartens. Bei einem Tee plaudern wir. Dabei sitzt er auf dem Tisch. Ich befühle und betrachte ihn und freue mich an seiner archaischen Gestalt. Er musiziert noch einmal für mich, bevor er an seinen angestammten Platz zurück gebracht wird.

Ich bin dankbar dafür, entdeckt haben zu können, wie ansprechend und schön und be-

sonders einzigartig so ein scheinbar unschein-
bares, als Fehlguss eingestuftes kleines Kunst-
werk tatsächlich ist. Ich freue mich darüber, Augen zu haben, die das entdecken konnten.

Und das soll es jetzt gewesen sein? Das wäre
traurig.

Meine Phantasie tanzt weiter. Da muss ich sehen, dass ich mit dem Aufschreiben hinterher
komme.

*I*hre Blicke irren umher wie Suchscheinwerfer. Genau da an dieser Stelle hatte er doch immer gestanden! Jedes Mal, wenn sie zu Besuch gekommen war. Es kann doch nicht sein... Ihre Augen wandern durch den Raum, tasten die darin befindlichen Dinge ab. Aber tatsächlich – keine Spur von dem kleinen Bronzedrachen, den sie beim ersten Besuch hier bei der Bildhauerin Torea Gagnon sofort in ihr Herz geschlossen hatte. Hatte Torea ihn etwa doch...? Nein! Ihre Aussage, er sei unverkäuflich, war so entschieden, unumstößlich, da war sich Pia sicher. Dennoch beunruhigt klopft sie an die Tür, die zu Toreas privatem Wohnbereich führt. Noch ein Klopfen und Torea öffnet strahlend die Tür, sagt, sie sei gerade beim Fotografieren im Garten gewesen und freue sich, dass Pia da sei. Sie bemerkt den fragenden Blick und kombiniert.

„Keine Sorge! Er sitzt draußen im Moos, als Fotostar gewissermaßen. Seine Abbildung soll in einem Katalog erscheinen".

Pia ist froh. Sie begleitet Torea hinaus in den Garten, hat das Gefühl, dieser großen, dünnen Gestalt als blasser Schatten zu folgen. Sofort entdeckt sie „ihren" kleinen Drachen. Von der Mittagssonne angestrahlt leuchtet sein polierter Drachenzackenkamm. Und seinen aufgespannten Drachenschwanz will die Sonne wohl zum Klingen bringen; sie blinzelt huldvoll charmant durch die kleinen Poren des Fächers, dessen Ränder zaghaft angenagt zu sein scheinen. Wie viele unterschiedliche Eindrücke solch eine kleine Bronzegestalt erwecken kann! Majestätisch, wie er dort im Moos sitzt. Er wirkt anfechtbar zart und verlässlich freundlich zugewandt, unerschütterlich in seinem bronzenen Sein. Er ist gewiss nicht eitel, das Schwanzgebilde ist natürlicher Schmuck, nicht gespreiztes Getue!

Während Torea weitere Fotos ihrer Plastik macht in verschiedenen Winkeln, nimmt Pia die Atmosphäre dieses Gartens auf: eine mit Skulpturen geschmückte lichte, grüne Oase zwischen alten Ziegelmauern. Inzwischen sitzt der kleine Drache auf einem großen, eierig - runden Stein, der in einem Kiesbett ruht und wirkt, als sei er ein auf die Erde geplumpster Himmelskörper.

Die Oberfläche des Gebildes ist geglättet, dennoch rau, zerschrunden. Wie Borkenschokolade an manchen Stellen etwas aufgebrochen, stufig geschichtet, dennoch sichtbar aus einem Guss.

Er hat seitlich ein Einsprengsel, als sei dort an dieser Stelle etwas entschlüpft, geboren, oder kurz davor, geboren zu werden; ein sich öffnendes güldenes Auge; in sich hinein und aus sich heraus blickend.

Der kleine Drache thront dort, als hätte er ein neues Terrain für sich entdeckt, unschlüssig, ob er dort verharren möchte. Ein leichter Wind streicht durch die Poren seines zarten Fächerschwanzes – und da geschieht etwas Wunderbares! Ein zauberhafter Klang ertönt. Sphärisch zarte Mandolinen, kleine Glöckchen und Violinen scheinen gleichzeitig von zaghaftem Grillenzirpen begleitet aus der Ferne zu klingen. Pia lauscht. Wie verzaubert. Noch nie in ihren über fünf Lebensjahrzehnten hat sie so etwas gehört! Weder in einem Konzertsaal, noch in der Natur. Wie von einem Flakon zerstäubt hebt sich eine zarte Klangwolke in die Luft.

Die zieht mit ihr, als sie sich verabschiedet hat und das Gehöft verlässt. Gemächlich spaziert sie durch stille Straßen der Umgebung. Was für eine besondere Begabung dieser kleine Drache hat, denkt sie. Da reißt sie das kräftig blubbernde Motorengeräusch eines Autos aus ihrer Tagträumerei. Der Cabriofahrer lässt sich von Elvis Presleys laut aufgedrehtem „Love me tender" in Stimmung versetzen.

Tender. Ja, zart ist der Klang des kleinen Drachen. Und da gibt sie ihm seinen Namen:

TENDOLI

*D*en Sommer hindurch kehrt Pia oft an den idyllischen Ort zurück. Nein, Zufall konnte das nicht gewesen sein. Dieser kleine Drache musste sie irgendwie in den Ausstellungsraum gelockt haben, um ihr seine Schöpferin vorzustellen. Oder wollte er sich womöglich beschweren über seinen Standort - so dezent im Hintergrund eines Ausstellungsregals? Nein, das würde er nicht tun, das würde nicht zu seinem Wesen passen!

Eigentlich hatte sie erst gar nicht unbedingt eintreten, sondern nur einen Blick von draußen in das anheimelnd wirkende Häuschen der Bildhauerin werfen wollen. Nun sitzt sie häufig an einem der Tische des Cafés, das zu dem Ensemble dieses ländlich anmutenden Hofes gehört; am liebsten draußen unter einem der Sonnenschirme, die sie an die Toskana denken lassen. Beim freundlichen Gärtner mit den schönen Locken kauft sie gelegentlich Pflanzen für ihren kleinen Garten, im Bioladen etwas Feines zum Essen. Und Torea stattet sie zu gerne einen kurzen Besuch ab.

Wenn Pia ganz ehrlich ist, muss sie zugeben, dass sie Torea vor allem auch wegen ihres kleinen Bronzegesellen besucht. Heute allerdings ist sie Toreas Einladung in deren Atelier gefolgt, das sich in beruhigend stiller, ländlicher Atmosphäre weiter außerhalb der Stadt befindet; inmitten von Feldern, Wiesen und Wäldern.

Pia will versuchen, mit Toreas Unterstützung einen Stein zu bearbeiten. Schließlich will sie dem Leben nun doch überhaupt einen ganz neuen Schliff geben, ihm anders begegnen – all seine Klangdimensionen wahrnehmen. Während sie mit Werkzeugen die Form des Gesteins verändern, etwas aus ihm hervorholen will, meint sie plötzlich, in ihm eine Muschel zu sehen. An einem weiten, weißen Strand liegt die, vom Wasser des Meeres sanft umspült. Nicht das Klopfen des Hammers auf dem Zahneisen, sondern das Rauschen des Meeres, das Plätschern der Wellen hört sie... Und Tendoli musiziert sogar mit; er sitzt auf der Muschel, guckt Pia an, als wollte er fragen: was machst du da mit meiner Muschel? Immer wieder taucht er in ihrer Vorstellung auf. Schon manches Mal hat sie gedacht, sie hätte ihn gern bei sich zu Hause, weil er ihr so gefällt, sie ihn mag, ihn entdeckt hat und sich so an ihm freuen kann. Aber: er ist un-verkäuflich.

Wie wäre es, wenn er verkäuflich wäre, sie ihn besitzen könnte? Hätte er dann den gleichen Reiz? Den gleichen Wert? Darüber denkt Pia auf dem Heimweg nach. Auf dem Rücksitz ihres Autos liegt das dreißig Kilogramm schwere Gestein, das sie mit verschiedenen Werkzeugen im Laufe des Tages bearbeitet hat. Unter freiem Himmel, von der Sonne beschienen, vor deren Gold sich ab und an vorwitzig kleine Sahnewölkchen schoben. Eine Art Kopf mit zwei Gesichtern hat sie entstehen lassen. Na ja, ein Fehlbehau, urteilt sie, während Torea angetan und erstaunt ist über das, was Pia gelungen ist.

*I*nzwischen liegt der Kopf bei der Eichblatthortensie in Pias Garten. Es ist wieder Frühling, verheißungsvolles Himmelsblau spannt sich über Pia, die Luft ist frisch, kühl und sanft. Das Pflanzenangebot des Gärtners ist noch reduziert, die gewundenen Zweigarme der Glyzinie sind noch kahl. In Frühlingsstimmung findet Pia auch Tendoli und Torea vor; beide unverändert. Torea erzählt allerdings, sie wird nun einige Wochen nicht hier sein, auf Reisen gehen; in Italien und Portugal will sie in Steinbrüchen Gestein auswählen, um neue Arbeitsprojekte realisieren zu können. Dann ist Tendoli ja ganz allein, denkt Pia. Aber gleich schüttelt sie den Kopf. Er ist doch nur aus Bronze.

Die Sonntage werden für sie zu Zeiten ohne dieses Brummkreiselgefühl, das sie neuerdings sonst oft in fremde Umlaufbahnen katapultieren will. Auch während Toreas Abwesenheit macht sie ihre Sonntags-Besuche im Hofcafé. Sie sitzt dort besonders gerne zum Frühstücken. Und jedes Mal scheint es ihr, als hätte sie die Stadt verlassen. Sie macht einen Bogen an Toreas Haus vorbei. Durchs Fenster will sie ins Hausinnere schmulen und drückt sich die Nase platt, um möglichst einen Blick auf Tendoli erhaschen zu können. Stattdessen spiegelt sich im Fensterglas ihr Gesicht. Schau mir in die Augen... Here´s looking at you, Kid... Pia lacht über sich, schüttelt den Kopf.

*A*ls Torea von ihrer Reise zurückgekehrt ist, schwärmt sie Pia von vielen schönen Eindrücken vor. Vom Aussuchen des wunderbaren Marmors, der in den nächsten Tagen angeliefert werden wird, erzählt sie; schließlich kann man solche Steinbrocken beträchtlichen Gewichts und Ausmaßes nicht einfach so im Auto mitnehmen. Nachdem sie ein Weilchen geplaudert haben hat Torea einen Termin mit einem Galeristen. Für Pia Gelegenheit, endlich *ihren* Tendoli zu begrüßen. Sie führt eine lautlose Unterhaltung mit ihm und macht sich schließlich zufrieden auf den Heimweg.

Immer wieder ertappt sie sich zu Hause beim Versuch der Vorstellung, wo Tendoli hier in ihrem gerade vor Kurzem erst bezogenen eigenen Reich.... Ein schöner Platz müsste es sein, einer, an dem er nicht so versteckt, sondern gut sichtbar zur Geltung kommen könnte! Aber wozu überhaupt solche Überlegungen?

*E*ines Tages öffnet niemand, als Pia schon mehrmals am Klingelband gezogen hat – zu einer Zeit, zu der Torea üblicher Weise anzutreffen ist. Auch an darauf folgenden Tagen ist es nicht anders. Telefonisch ist Torea ebenfalls nicht erreichbar. Seltsam, denkt Pia. Sehr seltsam. Schließlich schreibt sie eine Postkarte.

Liebe Torea!

Bei meinen letzten Ausflügen zum Hofcafé traf ich dich leider nicht an. Auch meine Anrufe bei dir blieben erfolglos. Ich würde mich über eine kurze Nachricht von dir sehr freuen.

Herzliche Grüße, natürlich auch an Tendoli,

Pia

Sollte man meinen, Pia sei etwas seltsam in ihren Vorstellungen, Erwartungen? Schließlich ist Torea ihr doch keine Rechenschaft schuldig...

Es vergehen weitere zwei Wochen, ohne dass Pia etwas von Torea hört. Im Café erkundigt sie sich nach ihr. Sie hätten sie auch schon länger nicht gesehen, bekommt sie zur Antwort. Auch der lockige Gärtner zuckt die Achseln.

„Habe mich auch schon gefragt, wo sie wohl steckt."

Im Vorhäuschen liegen keine Informationen aus, die Vorhänge an den Fenstern sind geschlossen. All das kommt Pia merkwürdig vor. Schließlich hatte sich doch zwischen Torea und ihr eine beginnende Freundschaft zu regen begonnen...

Auch zu Toreas ländlicher Atelier-Werkstatt war sie einmal gefahren; wie ausgestorben war es dort, die roten Fensterläden des Hauses geschlossen, die Wiesen um das Haus herum ungebändigt in die Höhe wachsend, ein riesiger, rötlich geäderter Marmorblock im Freien unverändert an seinem Platz, ebenso die Holzarbeitstische.

Torea war und blieb verschwunden.

Zumindest musste es womöglich ein von Torea beabsichtigtes, geplantes Verschwinden sein, denn sie hatte alles doch irgendwie geordnet hinterlassen.

Ob Tendoli noch dort an seinem Platz im Ausstellungsregal sitzt? Im Halbdunkel hinter geschlossenen Vorhängen? Grault er sich? Ist er traurig und einsam? Oder hat Torea ihn womöglich mitgenommen – wohin auch immer? Wieder schüttelt Pia den Kopf.

*D*er Sommer schreitet voran. Pia schlendert wieder gemächlich über das Kopfsteinpflaster auf Toreas Häuschen zu. Dornröschenschlaf. In ihrer Phantasie ranken sich Rosen ums Haus. Und Toreas Verschwinden bleibt ein Rätsel.

Während sie verträumt ihren heißen Kaffee schlürft, wandert ihr Blick zum Taubenhaus. Ausgeflogen, denkt sie. Ach, Tendoli. Und dann fragt sie sich plötzlich, ob sie jemanden damit beauftragen könnte, ihr einen solchen kleinen Drachen anhand eines Fotos nachzubilden. Diese Überlegung verwirft sie ganz schnell, denn: es wäre ja ein ganz anderer, nicht *der* Tendoli. Da ist sie sich sicher: Er ist – so wie auch jedes menschliche Wesen – einzigartig! Nicht nachzubilden, künstlich oder künstlerisch zu erzeugen. Niemandem – auch keinem noch so guten Kenner, Fachmann, Handwerker, Künstler – würde es gelingen, ihn nachzuformen, neu zu erschaffen.

*E*in kräftiges Gewitter ist durch die Stadt gefegt, hat mit grell zuckenden Blitzadern und splitterndem Donnerknall auf die Macht der Natur verwiesen. Pia sitzt zu Hause am Kamin, das Holz duftet und knackt, lustige kleine Flammen züngeln munter, während draußen der Wind ums Haus pfeift und die Fensterläden klappern lässt. Düster blaugrau-violett der Himmel. Dicke Regentropfen hüpfen und klatschen ans Fenster. Ausklang des Gewitters.

Pia hängt ihren Gedanken nach. Sehnsucht – was ist das eigentlich? Woher kommt sie? Es muss eine Verwandte von Fernweh und Heimweh sein. Eine Schwester der Wehmut. Ein zugleich glücklich und traurig machendes Gefühl. Nach innen gerichtet, von außen hervorgerufen. Sich nach jemandem, nach etwas sehnen – ein Gefühl, das die Abwesenheit eines vorstellbaren, erwünschten Zustands beklagt. In Tagträumen der Sehnsucht Einlass gewähren... Ahnungen und gefühlte Bilder... Pia guckt in die Flammen, da scheinen Gestalten zu zucken. Gedanken an diese eine soll doch das Feuer fressen...

Die stärkste Sehnsucht ist wohl die nach Nähe zu einem Menschen? Sehnsucht, Schmerz, Herzschmerz. Anders dagegen die Sehnsucht nach profunder Veränderung. Nach frei verfügbarer Zeit an einem Ort der Verheißungen; die Sehnsucht nach äußerer Veränderung, aus Bewegung des Inneren geboren. Sehnsucht danach, aus dem Gewohnten auszubrechen, Neues, Andersartiges zu entdecken. Hat Sehnsucht noch andere Geschwister? Sie ist ein intensives Verlangen, das sich auf so vieles richten kann. Das Wünschen. Die Phantasie. Das Habenwollen, das sind Verwandte.

Und das Habenwollen ist ein seltsames Tier! Es flößt dem Menschen so allerlei ein, wenn er sich beißen lässt.

Sehnsucht – ein zu großes Wort im Zusammenhang mit Tendoli! Oder doch nicht? Ein Kopfschütteln.

Das Habenwollen-Tier hatte sie im Leben immer wieder mal gezwickt. Das Beißen hat sie abwehren wollen – gestillte Sehnsucht, erfüllte

Wünsche – womöglich immer eine Entzauberung, Ernüchterung? Selbst dann, wenn der Wert des Gewonnenen überaus bewusst geschätzt wird?

In der Sehnsucht-Familie sind noch zwei andere wichtige Mitglieder, denkt Pia. Vorfreude und Verzicht – ehrwürdige, majestätische Ahnen! Immer wieder werden sie herausgefordert vom Habenwollen-Tier, von der Ungeduld, vom Neid, von der Gier – und da heißt es ordentlich stark sein, will man ihren Verlockungen widerstehen! Pia kennt sie alle, diese Kobolde. Natürlich ist es ihnen schon gelungen, sie zu verführen. Und wie oft hätte sie zurückbeißen wollen!

Diesmal ist es anders. Mit Tendoli ist es anders. Kein mit dem Fuß aufstampfen: den will ich haben! Stattdessen ist es fast so, als würde sie die Tatsache seiner Unverkäuflichkeit, des Nichthabenkönnens, genießen. Anders als sonst lässt sie erst gar nicht dies Bestreben zu, alle Hebel in Bewegung setzen zu wollen, um womöglich doch etwas am scheinbar Unmöglichen möglich zu machen.

Tendoli gehört dorthin, wo er ist. Dorthin, wo er mich in seinen Bann gezogen hat!

Dass sie ihn nun nicht einmal von Zeit zu Zeit anschauen kann, das berührt sie seltsam – so wie eine Traurigkeit, die einen überkommt, wenn ein guter Freund auswandert.

Es mag sein, dass sie in der Zeit des Verschwundenbleibens von Torea und Tendoli seltener an ihn denkt. Aber er bleibt in ihrer Erinnerung lebendig, sie vergisst ihn nicht.

♫

*P*ia wandert durch die Straßen bis zum Stadtrand, wo sich unvermutet Felder, Wiesen und Wälder auftun, der Blick in die Weite, hinaus aus dem Häusermeer reiten kann. Ja, hinaus ins Freie! Es ist noch nicht lange her, dass sie sich aus einem Leben an der Seite ihres Phantom-Mannes hat herauswachsen lassen. Der Kinder wegen nicht schon früher. Und wohl auch, weil sie – wie sie nun sagt – eine naive Hoffnungsträgerin war. Sie macht einen besonders energischen Schritt und atmet auf. So, wie man das tut, wenn man etwas Schwieriges endlich bewältigt hat.

Sie entdeckt ein Haus, verborgen hinter einer hohen, zugewachsenen Mauer. Einen verwunschenen Garten vermutet sie dahinter. Das Haus, schmuddelig weiß getüncht, wirkt mit seinen zahlreichen Erkern und Türmchen etwas verschroben, gleichzeitig auch freundlich und einladend. Bei genauerem Hinsehen erkennt man Risse im Mauerwerk, abgesplitterte Farbe an den Fensterrahmen, die ein oder andere fehlende Dachschindel. Pia ist nicht groß und versucht dennoch, einen Blick über die Mauer in den Garten zu werfen. Vergeblich. Während sie weiter Richtung Feldrand läuft, hört sie ein Geräusch. Sie bleibt stehen. Sie lauscht. Ein sanfter Wind weht ihr eine kräftige Strähne ihres dunklen Haares vors Auge. Da, da ist er wieder, dieser Klang! Sie geht zurück in die Nähe der Mauer, horcht hier, horcht dort. Mal hört sie etwas, mal nicht. Und nie ist sie ganz sicher, ob sie hört, was sie zu hören glaubt. Sie horcht noch einmal. Stille. Sie läuft weiter zu den Feldern hin.

Oft macht sie nun diesen Spaziergang zur Stadt hinaus. Jedes Mal von einem Sonntagsgefühl begleitet. Und jedes Mal kommt sie an dem Haus vorbei. Oft meint sie diesen Klang zu hören - hinter der Mauer – ganz leise, wie aus großer Ferne. Nein, das kann nicht sein. Aber es ist doch...

Heute kann sie nicht widerstehen. Sie bleibt am Gartentörchen stehen und drückt entschlossen auf den Messing-Klingelknopf, wartet gespannt.

Nichts. Soll sie nochmals klingeln? Ihr zweites Knopf drücken ist energischer. Da hört sie, wie sich die Haustür mit Quietschen und Knarren zu öffnen scheint. Es folgt ein Geräusch, das sie an ihren Großvater erinnert, der mit seinen Pantoffeln durchs Haus schlurfte. Und nun öffnet sich das Gartentörchen ganz langsam und schließlich steht vor ihr ein alter Kauz, der skeptisch guckt.

„Mh?", brummt er nur fragend, während er sich am Törchen festhält, um nicht umzufallen – so scheint es. Er ist dürr, Hemd und Hose schlackern um ihn herum, der Hosenbund wird von einer dicken Schnur zusammen gehalten. Und tatsächlich trägt er Pantoffeln. Sein Gesicht ist faltig, kantig, die Haut wie zerknittertes Pergament. Er legt den Kopf etwas schief.

„Na, was ist jetzt?"

Pia ist verdattert und ringt tatsächlich um Worte.

„Da war so ein Geräusch. Nein, eher ein Klang. Wie zarte Musik. Ganz leise. Aber mir vertraut. Wie... von Tendoli."

Jetzt ist es raus, denkt sie. Der Alte hält sich am Törchen, steigt mehrmals ungelenk von einem Fuß auf den anderen, wirft die Stirn in noch mehr Falten, legt den Kopf zur anderen Seite schief, schnalzt mit der Zunge und schüttelt den Kopf. Er will sich schon anschicken, den Weg zur Haustür zurück zu gehen. Pia lässt nicht locker.

„Ich würde so gerne mal einen Blick in Ihren Garten werfen!"

Der Alte hält inne, bewegt wie eine Schildkröte seinen Kopf, macht eine Handbewegung, die zugleich einladend und abschätzig ist und schlurft unbeirrt zur Haustür, die hinter ihm ins Schloss fällt. War das nun eine Erlaubnis, eine Einladung? Das interpretiert Pia und setzt einen Fuß auf den Boden hinter dem geöffneten Tör-chen. Sie hält inne, streckt den Kopf etwas vor, blickt nach rechts und links. Was für ein zauber-hafter Garten!

Pralles, verwunschenes Grün. Sonnige Flecke und schattige Winkel. Berankte Inseln zwischen Blütenwogen. Ihr Blick schweift in alle Richtun-gen, während sie zaghaft ein paar Schritte in dieses Paradies setzt. Oval um das Haus gelegt bildet dieser Garten eine sowohl belebende als auch beruhigende Einheit mit dem alten Ge-bäude, das ebenso etwas schrullig wirkt wie sein Bewohner. Während sie sich wagt, der linken

Wölbung des Ovals weiter zu folgen, tritt sie auf weiches, moosdurchwirktes Gras, auf dem die Sonne, die gerade noch hinter der Hausecke hervor lugt, ihre wärmenden Strahlen schlingern lässt. In ihnen tanzen Schmetterlinge. Wie Seide, wie ein schillerndes Hologramm changieren die verschiedensten Grüntöne in diesem Gartenteppich. Pia durchschreitet einen von wunderbar duftenden Rosen berankten Bogen, hinter dem sich die Rasenfläche aufteilt in ein liebevoll gestaltetes Arrangement von Wegen und Beeten. Im Oval nach außen durch die Mauer aus betagten, ungeordnet, aber passend geschichteten Steinen begrenzt. Dort ein alter Brunnen, über dessen Rand sich Kapuzinerkresse ergießt, hier und da eine von Wind und Wetter gezeichnete Steinfigur, mit Patina überzogen. Dieser Garten – eine gelungene Mischung aus Struktur und Zufall. Rechts und links des Hauses, dort, wo das Oval seine Wölbungen streckt, stehen zwei große, Schatten spendende Linden, um deren dicke Stämme Sitzbänke gewunden sind, alt und morsch. Der Duft dieser Bäume wabert unter ihren mächtigen Kronen hervor und breitet sich aus. Pia atmet diesen betörenden Duft tief ein und fühlt sich wie auf einen fliegenden Teppich gehoben, der mit ihr durch diesen Wundergarten schwebt. Ein Meer farbenprächtigster Blüten webt sich ein in das Grün der Hecken, Sträucher und Büsche. Dicht am Haus, wo es kühler und schattiger ist, hocken mächtige Hortensien, ihre prächtig großen Köpfe in die Höhe gereckt. Die Funkien scheinen hier besonders große, fettgrüne Herzformblätter zu haben. Pia stellt sich vor, wie herrlich Anblick und Duft der großen Fliederbüsche im Frühjahr betäuben mögen. Und schon wird ihr Blick vom Buddleja davidii gefangen. Sie blühen verschwenderisch. Sie staunt über die Vielzahl von prächtigen Faltern, die um die Blütenrispen gaukeln, bevor sie sich auf ihnen niederlassen, um dort ihre zarten Flügel zusammen zu klappen.

Da in der Mauer fehlt ein Stein. Oder ist er bewusst ausgespart? Als Fenster? Pia steigt vom fliegenden Teppich herab und will sich gerade etwas vorbeugen, um hindurch zu gucken....aber sie hält abrupt inne. Da ist er wieder, der ihr vertraute Klang. Wie angewurzelt steht sie, wendet nur ihren Kopf in langsamer Drehung und lauscht. Ein leichter Windhauch streicht über ihr Gesicht und lässt die Blätter der Pflanzen leise rascheln. Und wieder der magische Klang. Von der steinernen kleinen Bank dort an der Mauer, die hinter einem dichten Bambus steht, scheint er zu kommen. Sie geht darauf zu, biegt vorsichtig die langen, dünnen Halme auseinander – und...da sitzt, mitten auf der steinernen Bank im Schatten unter einem gewölbten Blätterdach, Tendoli. Ja, er ist es tatsächlich! Unverkennbar. Er guckt direkt zu ihr, so, als wollte er sagen: da bist du ja endlich! Sie beugt sich zu ihm herab und streicht sanft über seinen Drachenzackenrückenkamm. Und er antwortet mit der Musik seines Fächerschwanzes, durch den der Wind schmeichelt.

Pia ist verwirrt. Wie kann das sein? Warum sitzt Tendoli hier auf der Bank, im Grün verborgen? Sie muss den alten Mann fragen; geht zur Haustür und klopft mit dem Ring des Löwentürklopfers. Mehrmals, bis der Alte heran schlurft und die Tür einen Spalt breit öffnet. Wieder nur ein gebrummtes Mh. Geradezu vorwurfsvoll bringt Pia ihre nächste Frage hervor.

„Woher haben Sie ihn? Den kleinen Drachen auf der Bank?"

Der Alte guckt sie an, legt den Kopf schief, mustert sie.

„Und? Warum sollte ich Ihnen darüber Auskunft erteilen? Den Garten haben Sie nun ja gesehen. Adieu."

Er will ihr die Tür vor der Nase zuklappen. Aber Pia erhascht einen Blick auf das Namensschild an der Tür.

„Herr Professor Steinert, einen Moment bitte. Ich möchte es Ihnen erklären."

Der Alte öffnet die Tür wieder ein wenig, brummt:

„Scheint ja wichtig zu sein."

Er wendet ihr den Rücken zu und geht, eine sie zum Folgen auffordernde Geste andeutend, in die große Halle des Hauses. Wie eine geöffnete Umarmung schwingt sich eine breite Treppe majestätisch nach oben. Pia ist beeindruckt. Eine besondere Atmosphäre, auch durch eine Vielzahl von Skulpturen unterschiedlichster Art und Größe erzeugt, die sich für ein Willkommen entlang der Wände aufgestellt zu haben scheinen. Fast ehrfürchtig, wie in einem Museum, bewegt sie sich weiter, dem alten Professor folgend.

„Na, was nun?", fragt der und lässt sich im geräumigen Wintergarten in einem großen, knarrenden Korbstuhl nieder. Pia tritt ein und fühlt sich in das Bild hinein geraten, das sie so liebt – das Palmenhaus von Carl Blechen. Arkaden, Säulen und viele riesige Fächerpalmen. Der alte Mann wirkt darin fast verloren, so wie die winzigen Gestalten des Gemäldes.

„Also was nun?", hört sie und realisiert, dass der alte Herr zu ihr spricht.

Sie geht näher, er deutet auf einen zweiten Korbstuhl. Sie setzt sich, als lägen rohe Eier auf der Sitzfläche, und beginnt von ihrer Verbindung zu Tendoli zu erzählen. Der Alte hört zu, nimmt zwischendurch eine Prise Schnupftabak und schnieft gehörig, bevor er einige Male laut niest. Dann greift er zu seinem Krückstock, stellt ihn zwischen seine Beine, schichtet beide Hände übereinander auf dem Knauf, lässt sein Kinn darauf ruhen und hört weiter zu.

Als Pia ihre Erzählung beendet hat, bleibt er eine Weile stumm, bevor er den Krückstock an den Tisch zurück lehnt. Sie blickt ihn erwartungsvoll an; er denkt wohl darüber nach, was er ihr sagen will?

„Tee oder Wasser?", fragt er.

Verdutzt erbittet sie Wasser und vermutet, dass er sich nun erheben und davon schlurfen wird. Aber er beugt sich nach rechts, um an dem bestickten Stoffband zu ziehen, das an der Wand zwischen den Fenstern befestigt ist. Pia wartet ab. Es dauert einen weiteren Moment der Stille, bis eine Frau wie aus dem Nichts erscheint.

„Tee und Wasser", sagt der Alte und sie entfernt sich so lautlos, wie sie gekommen war.

Und Pia wundert sich über die Assoziation, die ihr kommt: eine sonnengereifte, duftende Orange in ein buntes Tuch gehüllt. Darüber legt sich das Bild einer indianischen Frau, einer kleinen, warmen, rundlichen. Ihre Haut, ihre Wangenknochen, ihre seidig tiefschwarzen Haare, ihre Kleidung und ihre Bewegungen. Schon kehrt diese zurück und serviert das Erwünschte, bevor sie gleich wieder verschwindet. Der Alte nimmt mit zittriger Hand die Teetasse, schlürft ein paar Schlucke, stellt die Tasse klapprig zurück und beginnt seine Geschichte.

„Eine meiner Schülerinnen. Ich war auf meine alten Tage nochmal berufen."

Aha, denkt Pia, interessant, erst Schülerin, dann Haushälterin. Oder Geliebte? Aber was ist mit Tendoli? Das vor allem will ich wissen!

„In München. Lehrstuhl an der Akademie für Bildende Künste. Da begegneten wir uns in der Welt der Bildhauerei", fährt der Professor fort, „lange her..."

Zum ersten Mal, seit sie hier ist, meint Pia, etwas innerlich Bewegtes an dem Alten wahrzunehmen.

„Begabt, sehr begabt war sie, hab ich gleich gesehen. Meister hat sie mich genannt. War zuerst nicht sehr mutig, eher gefangen im üblich Begrenzten."

Gefangen im üblich Begrenzten... das hallt nach, schwingt in Pia mit. Nun wird der alte Professor lebhafter, gar leidenschaftlich, beugt den aufgerichteten Oberkörper vor und tritt im Sitzen unruhig von einem Fuß auf den anderen. Seine Stimme wird kräftiger.

„Du musst nicht nur gestalten! Du musst forschen wollen. In dich hinein und in das Material.

Dann arbeitet das Werkzeug mit dir, nicht gegen dich! Du musst draufgängerisch entdecken wollen und demütig dem folgen, was die Gestaltungsmasse dir anbietet. Du musst dich zuerst klein machen, um dann vor dem Geformten groß werden zu können, das habe ich ihr gesagt. Hör in das Material und in dich hinein. Und: die Vielfalt dessen, was du bearbeiten kannst, ist unerschöpflich groß! Du musst es wagen. Alles musst du wagen. Bereit dafür, etwas zu entdecken, was du nicht angestrebt oder vermutet hast! Du kannst alles finden, wenn du nur willst!"

Der Alte nimmt einen Schluck Tee, hüstelt und lehnt sich wieder zurück. Pia will fragen, aber er fährt schon fort.

„Ermutigung! Ja, Ermutigung. Die braucht´s."
Eine Prise Schnupftabak, wieder ein Hin-und Her steigen von einem Fuß auf den anderen wie ein Anlaufnehmen, dann spricht er viel leiser weiter, so, dass Pia sich konzentrieren muss, um ihn gut verstehen zu können.

„Das war dann hier in Berlin. In meinem Atelier."

Er deutet mit einer ausholenden Armbewegung zum Fenster hinaus in südliche Richtung, deutet Weite, Ferne an.

„Sie stand plötzlich vor mir und sagte: Meister! Jetzt möchte ich das Geheimnis des Bronzegusses weiter erforschen! Gut, Torea, sagte ich."

Pia horcht auf. Torea? Hat er Torea gesagt? Oder hat sie sich verhört? Wieso Torea? Ist denn nicht von der indianischen Frau die Rede? Und dann dämmert es ihr, während der Professor fortfährt.

„Dieser kleine Drache, den Sie Tendoli nennen, das war ihre erste Gestalt im Erforschen des Geheimnisses. Ein Fehlguss. Aber ein Meisterwerk! Ein unperfektes Werk. Aber von unschätzbarem Wert."

Pia fügt die Erzählmosaike zusammen und erkennt ein Gesamtbild. Dort neben ihr sitzt der, den Torea als Meister bezeichnet hat. Der, dessen Ermutigung zu Tendolis Entstehung geführt hat. Der, von dem Torea auf ihrem bildhauerischen Weg begleitet wurde. Sie sieht ihn plötzlich mit anderen Augen. Sie nimmt ihn mit seiner Kauzigkeit anders wahr, sieht ihn in anderem Licht. Torea, die im Irgendwo weilt, erscheint noch facettenreicher. Und Tendoli, ihm ist noch mehr Würde und Besonderheit verliehen. Pia und der alte Professor blicken sich an, als würden sie nun ein Geheimnis teilen. Sie schweigen eine Weile, bis sie ihre Hand leicht auf seine legt.

„Danke."

Seine Antwort ein freundliches Brummen. Dann setzt er erneut an.

„Vielleicht hat sie´s ja wirklich verstanden. Deshalb ist sie jetzt in Moliria, an dem einzigen Ort der Welt mit dem Pascerisium-Vorkommen. Von diesem Material kann man lernen, dass Veränderung Bewegung bedeutet und Bewegung Lebendigkeit. Und dass Endgültigkeit als scheinbarer Zustand von Unveränderlichkeit erscheint. Leg einen Stein in einen Fluss und er wird sich verändern, wenn das nie gleiche Wasser ihn umspült. Lass eine dünne Marmorscheibe fallen und sie zerbricht. Setz etwas Rauhes der Reibung mit etwas Glattem aus und sieh, wie sich beides verändert. Ja, du bist eine Bildhauerin. Aber glaube nicht, dass deine Werke unbedingt so für die Ewigkeit geschaffen sind wie du sie erdacht, geformt hast. Allein schon der Blick der Betrachtenden verändert sie. Du bist als Künstlerin eine Art Hebamme, die ihre Geburt einleitet, damit sie sich entwickeln."

Pia hört möglichst aufmerksam zu. Dann fragt sie:

„Wo ist Torea? Wie heißt dieser Ort?"

Der Professor schaut auf, wiederholt den Namen. Und dann sitzt neben Pia im Korbsessel plötzlich ein ganz anderer; ein gequält und verzweifelt wirkender alter Mann. Pia möchte natürlich trotzdessen wissen, wie lange Torea dort bleiben wird, setzt zur Frage an. Der Alte wimmelt ab, schnalzt nur zweimal mit der Zunge und schüttelt kaum wahrnehmbar den Kopf. Sie runzelt die Stirn, blickt fragend und spürt, dass er nichts mehr sagen wird.

Sie erheben sich gleichzeitig.

„Komme noch mit zur Tür", brummt er.

Diesmal geht Pia voraus, er schlurft hinterher. Ein weiteres Mal überrascht er sie, als er über der von ihr gereichten Hand einen Handkuss andeutet.

„Also, ... wenn´s sein muss, ... kommen Sie ruhig mal wieder", murmelt er.

Wie jemand, der unentdeckt bleiben möchte, schleicht sich Pia nochmal zu Tendoli. Du Meisterwerk, denkt sie, fährt zart mit dem Fingernagel über sein Fächerrad und hört entzückt seine tönende Antwort. Bis bald, Tendoli.

*A*uf ihrem Weg zurück nach Hause macht sie ein paar unbeschwerte Hüpfer. Wie ein junges Mädchen. Nun weiß sie endlich, wo Torea und Tendoli sind. Torea in Moliria, dort, wo es dieses besondere Gestein gibt, das ihr ehemaliger Meister ihr zum Erkunden ans Herz gelegt hat. Und für die Zeit ihrer Abwesenheit – wer weiß, wie lange - hat sie Tendoli dem alten Professor anvertraut. In dessen schönem Garten sitzt er nun. Und sie kann ihn dort besuchen.

Vielleicht sollte angemerkt werden, dass Pias nächstem Besuch beim Professor einige Tage voraus gehen, durch die sie sich wie ein gezündeter Knallfrosch bewegt; schließlich hatte sie doch lange eine Lebenssituation verteidigt, in der sie – in guten wie in schlechten Zeiten - die Rolle der treusorgenden Ehefrau und Mutter gerne und gut funktionierend ausgefüllt hatte; bis dass der Tod euch... in dieser inneren Haltung. Doch zunehmend empfand sie den zermürbenden Widerspruch, innere Anklage sie bedrängend. Während er sein Doppelleben führte nach allen Regeln der Kunst; sich über die der Ehegemeinschaft leichtfertig hinwegsetzend. Und dann war es schließlich eine der vielen jungen Frauen, nicht der Tod...

Schluss damit! Auf zu neuen Ufern! Und dann ging das los mit dem Brummkreisel. Manchmal übertreibt sie es mit dem Drang, Versäumtes nachholen zu wollen; ein Bedürfnis, das einem Irrläufer ähnlich im Zwiespalt von Verlust und Befreiung wabert. Manchmal spürt sie ihr Verhalten von diesem „hoppla, jetzt komm ich" ergriffen, manchmal spürt sie es nicht. Sich spürt sie zumindest, so oder so, lebendig. Sie lernt sich neu kennen, scheint ihr. Und das mit Ende fünfzig, denkt sie manchmal staunend. Dabei überrascht sie sich selbst und auch andere. Mal angenehm, mal weniger.

Warme Freundlichkeit begegnet Pia, als die Pueblo-Frau ihr öffnet. Orange, Musik und Mexiko... das strömt ihr entgegen. Pia ist, als würde ihr ein farbiger Poncho über den Kopf gleiten – und mit ihm dieses erdige Gemisch aus Ernsthaftigkeit, Heiterkeit, Stille und Lebendigkeit.

Diesmal erwartet der Alte sie im Garten. Er sitzt in einem asiatisch anmutenden kleinen Pavillon, in dessen Nähe sich in der Gartenmauer ein kleines Holztörchen befindet. Das hatte Pia bisher noch nicht entdeckt. Aus dem Pavillon kräuseln sich kleine Rauchwölkchen, die der Tabakspfeife des Professors entweichen. Er blickt auf, als er Pia kommen sieht, hebt schwerfällig eine Hand zum Gruß, winkt sie heran. Sein Gesicht ist unter einem Strohhut mit großer Krempe kaum zu sehen. Auf einem kleinen Beistelltisch neben seinem Stuhl steht eine Karaffe mit Wasser, in dem Minzeblätter und hauchdünne Zitronenscheiben schwimmen. Zwei dickwandige, flaschengrüne Gläser in Form geöffneter

Blüten mit kurzem Stiel stehen auf einem kleinen Silbertablett bereit.

Als Pia den Professor begrüßt und auf dem zweiten Stuhl neben ihm Platz nimmt, deutet er darauf.

„Als hätte ich´s geahnt."

Von ihrem Kommen spricht er wohl. Eine dichte Wolke Tabaksqualm dampft aus seinem Mund. Auch hier im Garten trägt er Pantoffeln, lederne diesmal, anders als bei ihrer ersten Begegnung; heute eine lange Lederschürze über einer braunen Cordhose zu einem kittelartigen weißen Hemd mit kleinem Stehkragen. Seine gewellten Haare fließen darauf wie angelaufenes Silber. Sein Blick wirkt heute wacher, zugewandter. Pia entdeckt eine Harke und einen Spaten an der Außenwand des Pavillons lehnend.

„Haben Sie im Garten gearbeitet?"

„Ich, nun ja, schon, aber weniger. Die eigentliche Gartenarbeit macht Chenoa. Manchmal kommt ein Gärtner helfen. Ein schrecklicher Kerl!"

„Warum schrecklich?"

„Keinen Sinn für die Schönheit. Mäht alles nieder, rupft alles raus."

„So ein wunderschöner Garten macht viel Arbeit, das kann einer alleine doch gar nicht bewältigen", stellt Pia fest.

Sie sitzen eine Weile schweigend beinander, der Alte mit seiner Pfeife beschäftigt und Pia immer malwieder in Richtung der Steinbank schauend.

„Gehen Sie schon", brubbelt der Alte aus einer Qualmwolke hervor.

Sie lächelt ihm zu und geht am weiß blühenden Phlox vorbei zu Tendoli. Es ist absolut windstill, heute musiziert er nicht. Also streicht sie mit dem Finger über sein Pfauenrad, um die Unterhaltung zu beginnen.

„Auch du könntest doch mal den Blickwinkel ändern", sagt sie und dreht ihn so, dass er zum Pavillon guckt. Als sie zurück zum Alten schlendert, vergewissert sie sich dessen. Sie trinkt vom erfrischend kalten Wasser. Und die Idee, die ihr dabei gerade kommt, äußert sie prompt.

„Was halten Sie davon, dass ich einmal wöchentlich komme und bei der Gartenarbeit helfe?"

Der Alte guckt auf, zieht intensiv an seiner Pfeife, stopft mit dem Daumen hinein, pustet genüsslich den Qualm in die Luft. Hm... Nach der nächsten Rauchschwade beugt er den Oberkörper vor, tritt von einem Fuß auf den anderen, klatscht mit den Handinnenflächen auf seine Oberschenkel.

„Warum eigentlich nicht!"
Er nimmt eine große Messingglocke mit Stiel zur Hand, bimmelt damit kräftig. Wie Bolle früher, denkt Pia. Die Pueblo-Frau Chenoa kommt gleich mit lautlosen Schritten – wohl aus dem Haus.

„Sie wird dir helfen. Mit der Gartenarbeit. Jede Woche einmal."

Chenoa lächelt, freut sich über diese Inaussichtstellung, Pia nickt bekräftigend und schon ist sie wieder mit dem Professor allein. Vogelstimmen setzen melodiöse Akzente, von kontinuierlichem Gesumm der Insekten untermalt. Der Tabaksqualm saugt den zarten Blütenduft auf, der sich aus jedem Winkel des Gartens in die satte Sommerluft mischen will. Pia will gerade zu einer Frage nach dem Haus ansetzen, als der Professor das Schweigen unterbricht.

„Chenoa kam mit. Ich hatte eine Reise gemacht. Lange her. Mit meiner Frau. Dann war sie unsere Haushälterin. Wir haben sie adoptiert."

Nach dieser gehäckselten Information nimmt sein Gesicht schlagartig wieder einen anderen Ausdruck an. Traurig, verschlossen. Pia hätte viel zu fragen. Aber der Alte hüllt sich in beharrliches Schweigen. Und in dichte Rauchschwaden. Sicher bemerkt er gar nicht, wie sie aufsteht, um sich im Garten noch genauer umzuschauen. Wohin mag das kleine Gartentürchen führen? Gerade will sie den Riegel zur Seite schieben, als der Alte energisch mit der Glocke läutet. Ist sie gemeint? Gleich steht auch Chenoa am Pavillon, versteht die stumme Geste des Alten und entfernt sich gleich wieder. Pia wartet. Der Alte erhebt sich, stützt sich auf seinen Stock, deutet dann mit ihm in Richtung Törchen.

„Dahin geht´s nur mit mir!"
Er nähert sich langsam, als hätte er eine schwere Last zu tragen. Er bleibt eine Weile stumm stehen, den Blick in die Ferne gerichtet. Dann öffnet er endlich das kleine Törchen und geht langsam voraus – in die Weite eines riesigen Feldes, durch das ein schmaler Weg bis an den

Waldrand führt. Auf halber Strecke zwischen Tor und Wald, mitten im Feld, steht ein großes Gewächshaus, an das eine Art Holzschuppen andockt. Die langsamen Schlurfschritte des Alten lassen feinen Staub wie Nebel aufsteigen. Pia muss ihr übliches Lauftempo erheblich drosseln, um nicht voraus zu sein. Sie staunt über die Zeitspanne, die schließlich zwischen Törchen und Glashaus einen Bogen spannt, unter dem sie sich an der Seite des Professors wie in feierlicher Prozession fühlt. Am Ende bleibt der Alte stehen, tritt etwas auf der Stelle, legt seine Pfeife auf einen Holzstoß. Umständlich zieht er ein am Gürtel hängendes großes Schlüsselbund hervor. Es klimpert eine Weile in seinen Händen, bevor er den passenden Schlüssel findet und die Tür zum Glashaus aufschließt. Pia hat schon ungeduldig durch die Fensterscheiben ins Innere geblickt. Aus allen Himmelsrichtungen von natürlichem Licht beleuchtet stehen dort Skulpturen, die in diesem Haus ein Eigenleben in Bewegung führen. Als sie mitten unter ihnen stehend Teil dieser Dynamik zu werden scheint, hört sie die Stimme des Professors.

„Mein Atelier. Ausstellungsraum."

Sie wandert ein wenig umher zwischen den Figuren, von denen die meisten sie um einige Zentimeter überragen. Manche beugen sich zu ihr vor, andere wenden nur den Kopf, wieder andere scheinen eilig im Aufbruch zu sein. Die Skulpturen wirken höchst lebendig, indem sie ihre Arme vorstrecken, anwinkeln, hängen lassen. Ihre Körperhaltung ist nicht eingefroren starr, sondern scheint in bevorstehender Veränderung begriffen. Eine kleine, dicke Dame stemmt die Hände in die Hüften, ein großer Dünner schreitet gezielt aus, ein auf einem scheinbar galoppierenden Pferd sitzender Junge duckt den Oberkörper an den muskulösen Hals des Tieres. Eine Lesende ist in ihre Lektüre versunken, ein Suchender legt die flach gespannte Hand wie Blendschutz oberhalb der Augenbrauen an die Stirn. Alle sind in erkennbarer Handlung. Pia ist fasziniert, steht staunend zwischen all den Gestalten.

„Hier!", ruft der Alte.

Er hat die Tür zum angebauten Holzschuppen geöffnet. Als sie dort hinüber geht, blickt sie noch einmal hinter sich. Folgt ihr eine der Gestalten? Hat der Ausschreitende seine Laufrichtung geändert? Oder galoppiert der Reiter womöglich lautlos hinter ihr her? Das alles scheint möglich. Derjenige, der sie geschaffen hat, muss seine eigene Lebendigkeit, sein eigenes Empfinden, in sie hineinfließen lassen haben! In einen Tanz mit Idee, Absicht und Offenheit verschlungen.

Pia hat schließlich den Raum erreicht, der von außen nicht zu vermuten war. Nicht Schuppen, sondern Atelier, Werkstatt. Nicht chaotisch, aber lebendig bestückt mit diverse Materialien und Werkzeugen. Regale mit unfertig und auch fertig erscheinenden kleineren Plastiken. Anders als im Glasraum nebenan ist es hier vor allem der Professor, der spürbare Lebendigkeit ausstrahlt. Er greift etwas von einem Regalbrett und hält es Pia entgegen. Ein nicht zu großes, recht schweres Bronzegebilde hält sie in der Hand.

„Mein Meisterwerk! Auch ein sogenannter Fehlguss", erklärt er.

Sie betrachtet das Gebilde genau, stellt es auf einen hölzernen Arbeitstisch. Sie hält es für eine Art Vogel. Oder ein Schmetterling? Ja, ein Schmetterling muss es sein. Zwei recht zarte Flügel, die in ihrer Struktur entfernt an Tendolis

Pfauenradschwanz erinnern, aber dennoch ganz anders sind. Tendoli hat keine Flügel. Überhaupt: warum sagt Torea, er sei ein Drache? Schließlich ist hier bei uns im Abendländischen ein Drache eher ein Symbol für das Angsteinflößende, ein Sinnbild für das Böse, das besiegt werden muss in seiner Urgewalt. Im Mythologischen hat er Klauen und speit Feuer. Tendoli dagegen... Er stellt eher eine Verbindung zur Kulturvorstellung des Asiatischen her. Da gelten Drachen als Symbol für Glück und Weisheit, Fruchtbarkeit und Stärke. Man begegnet ihnen nicht mit Angst, sondern mit Respekt und Ehrfurcht. Ha! Vielleicht soll Tendoli auch verwandt sein mit Frau Mahlzahn, dem Drachen, der in Jim Knopfs Geschichte nach einem Jahr Schlaf zu einem schönen, guten, goldenen Drachen der Weisheit wird. Aber nein, Tendoli ist von künstlerischer Hand geformt, aus einem Guss. Mit individuellen Eigenschaften sich positiv ergänzender Ambivalenz. Ein untypischer Drache... deshalb also „Fehlguss"?

„Da muss ich jetzt mal...."

Pias Blick richtet sich nun wieder auf das Schmetterlingswesen, als sie mit dem Fingernagel über einen der Flügel streicht. Ein Klang wird hörbar. Aber kein von verschiedenen Nuancen gefüllter, sondern ein eintöniger, etwas wattig stumpf. Gerade noch kann sie sich verkneifen: Das ist nichts im Vergleich zu Tendoli und seinem Klang!

„Schön, ein Schmetterling."

„Wenn Sie so wollen", brummt der Alte achselzuckend. Dass sie denkt, da hat Torea ihren Meister im sogenannten Fehlgießen bei Weitem übertroffen, auch das behält sie zum Glück für sich. Der Professor gibt ihr nun ein nicht zu schweres, fast quadratisches, graubraunes Stück Gestein in die Hände. Dessen Oberfläche ist an manchen Stellen rau, an anderen glatt, an manchen porös, an anderen dicht. Sie dreht es in ihren Händen und sieht, wie die Farbe changiert. Ist das der Lichteinfall? Nein, eher scheint es ein Leuchten des Steins aus sich heraus zu sein.

„Legen Sie ihn hin", sagt der Professor und tritt wieder von einem Fuß auf den anderen, bevor er Pia Werkzeug in die Hand drückt.

„Nur zu!"

Sie guckt ihn fragend an, denkt dann, warum eigentlich nicht und beginnt vorsichtig, eine Stelle des Steins mit Hammer und Stößel zu bearbeiten. Camille Claudel, denkt sie, lacht und schüttelt den Kopf.

„Nur nicht zaghaft", sagt der Professor und setzt sich auf einen wackligen Stuhl neben sie, guckt ihr zu. Sie klopft etwas beherzter, ein Stückchen des Gesteins splittert ab und in der freigelegten kleinen Mulde schillert es geheimnisvoll gülden. Das nächste abgetragene Stückchen an anderer Stelle bringt unter sich strahlendes Türkis zum Vorschein. Der Alte reicht ihr ein anderes Werkzeug, ein Zahneisen mit kleinen Zähnchen an der Schlagkante. Es hinterlässt auf der Gesteinsoberfläche fünf Spuren nebeneinander, wie in Sand gezogen. Pia klopft kräftiger, um die Spuren zu vertiefen. Und dann bemerkt sie etwas Erstaunliches! Das vom Stein Gelöste fällt und rieselt nicht herab, sondern lagert sich, wie magnetisch angezogen, oberhalb der bearbeiteten Stelle ab. Sie will es mit den Fingern wegwischen, aber Steinstaub und kleine Steinpartikelchen bleiben wie angeklebt haften.

Der Professor beugt sich vor, wieder von einem Fuß auf den anderen pendelnd, schmunzelt sogar.

„Jetzt wird´s spannend!"

Pia hält inne, er fordert mit energischem Handzeichen zum Weitermachen auf. Sie klopft und hämmert, Stücke platzen ab und hüpfen ohne ihr Dazutun an anderer Stelle zurück an die Gesteinsoberfläche. Sie staunt, versinkt immer mehr in ihr Tun. Und der alte Professor lehnt sich erstaunlich entspannt in seinem Stuhl zurück. Als würde sie nicht Gestein, sondern magnetische Späne bearbeiten, bildet sich der ursprünglich fast quadratische Klumpen um, immer mehr an eine farbig geäderte Weltkugel mit einer Oberfläche aus sanften Kratern und Rissen erinnernd.

„Das ist ein Zaubermaterial!", ruft sie entzückt.

„Oh ja!"

Für Pia ist es wie ein Spiel mit dem Zufall – gespannt verfolgt sie, wohin sich die abgeklopften Steinpartikel verlagern, wo sie welche Farbflecke zurück lassen. Sie dreht und wendet das Gestein immer wieder, darüber verwundert, dass auf dem Arbeitstisch nur zwei kleine Krümelchen liegen und dort keine sonstigen Spuren ihrer Arbeit sichtbar sind. Als sie die letzte Kante des Klumpens abgeschlagen hat und seine Oberfläche vom Graubraun in eine vielfarbige Fläche übergegangen ist, lächelt sie stolz. Sie legt das Werkzeug aus der Hand und dreht die Kugel ganz behutsam in ihren Händen. Wie eine Wahrsagerin kommt sie sich vor; eine, die die Erdkugel und deren Geschick in den Händen hält. Sie hebt die Kugel gegen das Licht und erkennt, wie es an einigen Stellen das Gestein zu durchdringen scheint, so, dass es gläsern wirkt. An anderen Stellen intensiviert das Licht die Farben, die sich wie ein Netz aus verschieden dicken, unregelmäßig verlaufenden Adern in und um die Kugel geschlungen haben. An einen Blick ins Kaleidoskop fühlt sie sich erinnert - bei jeder Bewegung neue Überraschungen!

„Das ist großartig!", ruft sie und lacht. „Phantastisch!"

„Ja, das kann man wohl sagen", brummt der Professor und steht ungelenk auf. Über sein Gesicht zieht wieder dieser Schleier von Traurigkeit.

„Du kannst wiederkommen", sagt er und winkt sie mit in sein Gehen. Pia hält die Kugel noch in den Händen, zögert, legt sie dann langsam auf den Tisch, bevor sie dem Alten folgt.

Du kannst wiederkommen, hatte er gesagt. Du. Seine kauzig distanzierte Art schien aufzuweichen. Als er das Törchen zum Garten hinter sich geschlossen hat, reicht er Pia seine knöchrig schwielige Hand und deutet eine Verbeugung an.

„Gut gemacht! Ein Alter wie ich braucht seinen Mittagsschlaf."

Eine Verabschiedung, die Pia irgendwie rührt.

„Das war sehr schön und interessant. Vielen Dank für diese Wanderschaft ins Zauberreich der Steine. Ich komme gerne bald wieder. Zur Gartenarbeit."

Sie geht ganz beseelt ihren Weg zurück nach Hause – nicht ohne sich zuvor auch noch schnell von ihrem Freund Tendoli verabschiedet zu haben.

*S*o ist Pia also zur Eingeweihten geworden. Und zur fleißigen Gärtnerin, die nun jede Woche einmal in des Professors Garten hilft – bedächtig, damit er nicht eines Tages sagt: eine schreckliche Frau, die rupft alles raus! Nach getaner Arbeit, bei der ihr der Alte ab und an von der Bank unter der Linde zusieht, plaudern sie manchmal noch ein Weilchen. Und Tendoli – er darf mal hier, mal dort im Garten sitzen, um Pia zu sehen und von ihr gesehen zu werden vor allem. Ihre Arbeit wird oft begleitet von seinen Tönen, die sich wie hauchzarte Fäden durch das Grün des Gartens ziehen und Pia immer wieder mal verträumt lächelnd aufhorchen lassen; verwundert über die in ihr klingenden Saiten.

*I*m Herbst zeigt der Garten wieder voller Stolz alle seine Kleider, prahlt mit deren Farbenpracht! Und dann plötzlich scheint er sich verausgabt zu haben, fällt in ruhige, nachdenkliche Bescheidenheit. Die zeigt sich am Immergrün des Efeu, des Ilex und Rhododendron, in dem tiefen Grün, das dem Zugriff trotzt, der die Farbpalette reduziert und Kahlheit bringt.

Wie in Kindertagen läuft Pia durch das raschelnde Laub, das Gras und Moos bedeckt. Im Oval des Gartens lässt sie eine zusammengeharkte Gebirgskette entstehen, labt sich dabei an dem erdigen Geruch, der ihr in die Nase zieht.

Der Alte hat sich heute noch nicht blicken lassen. Die Luft ist kühl und feucht, über den Feldern ist das feine Gewebe eines milchig weißgrauen Nebelvorhangs herunter gelassen. Tendoli sitzt wieder auf seiner Bank. Der Wind lässt ihn heute besonders übermütig musizieren. Da geht Pia die Arbeit leicht von der Hand. Sie sieht die Würmer, Käfer und Insekten, die sich unter den Blättern verstecken und zur Musik tanzen.

Wann wird Torea wohl wieder kommen, fragt sie sich gerade, als sie an der Tür klopft, um sich drinnen bei einem heißen Tee aufzuwärmen. Die Mexikanerin öffnet. Und sofort bemerkt Pia eine Veränderung. Chenoas Blick ist gesenkt, ihre Bewegungen sind noch bedächtiger als sonst. Sie sagt nichts, deutet nur mit einer Geste in Richtung Wintergarten. Pia bewegt sich zögerlich dorthin, sieht den alten Professor auf eine Liege gebettet, die aus dem Sanatorium des Zauberbergs stammen könnte. Ein Teil des zugezogenen, schweren Gobelinvorhangs hindert die matte Sonne, ihre Strahlen auf sein Gesicht zu schicken. Er hat mit geschlossenen Augen Pias Kommen bemerkt und brummt sein übliches Mmh. Sie ist verwundert, ja erschrocken, wie er da so liegt. Sie tritt an die Liege, tätschelt behutsam seine Hand.

„Guten Tag. Geht es Ihnen nicht gut?"

Er zupft an der Decke, scheint unter ihr seine Beine zu bewegen.

„Was heißt gut, was heißt schlecht? Alt eben", murmelt er. Er guckt Pia an, sein Blick ist trüb.

„Man wird sich ja wohl noch ausruhen dürfen", fügt er hinzu und klappt die Augenlider zu.

Sie setzt sich auf einen Stuhl und erzählt ihm von der Gartenarbeit, kann sich nicht entscheiden, ob sie laut oder leise sprechen soll.

„Tendoli war heute ein besonders lebhafter Musikant!"

Der Alte lächelt und schläft kurz darauf ein, leise atmend. Pia verlässt den Raum auf Zehenspitzen, geht zu Chenoa in die Küche. Dort trinkt sie ihren Tee an dem alten Tisch, dessen im Holz verewigte Spuren vom Leben erzählen. Das über der alten Kochmaschine hängende kupferne Kochgeschirr blitzt sie an. Sie schlürft in kleinen Schlucken und guckt auffordernd zu Chenoa. Die hantiert noch ein Weilchen stumm, bevor sie sagt:

„Seit vorgestern ist er so. Es geht ihm nicht gut. Nachher kommt der Doktor. Ich habe ihn heimlich bestellt."

Pias aufmunterndes es wird schon werden bewirkt keine Regung in Chenoas Gesicht. Sie macht sich weiter emsig in der Küche zu schaffen. Ein Weilchen schaut Pia ihr zu, bewundert sie für ihr Geschick bei der Verarbeitung verschiedenster Dinge; Pia sind sie nicht vertraut, aber sie duften so herrlich intensiv. Ihre Gedanken ziehen Schlieren durch die flüssigen und pulvrigen Speisezutaten. Ein bauchiger Topf steht auf dem Gusseisenring der Herdfeuerstelle, darin blubbert eine rotorange Flüssigkeit. Die darunter aufzuckenden Flammen werfen den Schein ihrer Spitzen gegen die blankgeputzten Wandfliesen, auf denen farbenfroh Ornamente leuchten. Eine Küche wie das lebendige Atelier einer Künstlerin. Alles, was sich hier versammelt, ist warm. Strahlt ab von der mexikanischen Köchin, die in ihrem Element ist. Ihre ölig schwarzen Haare hat sie kunstvoll hochgesteckt. Ihr buntes Gewand ist von einer bestickten Schürze bedeckt. Sie summt und singt, während sie versunken rührt, hackt und streut; heute sind eher tragend melancholische Melodien zu hören. Aus etlichen tonbraun glänzenden Schälchen und Schüsseln nimmt sie Zutaten und fügt sie der im Topf Blasen schlagenden Masse hinzu. Essbare Blüten in kräftigen Farben gehören dazu. Selbst die kleinste Prise eines Gewürzes, eines Krautes lässt eine Duftwolke mit der warmen Feuchte aufsteigen, in Pias Nase ziehen. Sie fühlt sich, als sei sie in Chenoas Heimat gereist und dort Teil der Zelebration eines Freudenfestes, das bewusst gegen das Aufkommen möglicher Bedrohungen inszeniert ist. Chenoa scheint gegen etwas anzukochen, das sich in Dunst und Aroma einer herrlichen Speise auflösen soll, ohne ihr einen Beigeschmack zu geben. Angenehm benommen ist Pia, als ein lautes Deckelklappern und Zischen sie aus der Traumwolke reißt.

„Ich komme morgen wieder", sagt sie, „sicher geht es ihm dann schon besser."

Sie stapft mit ihren Gummistiefeln zum Törchen, winkt Tendoli im Vorbeigehen zu. Der Duft eines intensiven Gewürzgemischs haftet an ihr und begleitet sie. Sie hört das Knurren ihres Magens. Auf dem Heimweg spürt sie, dass der Zustand des alten Professors auch ihr Sorge bereitet, aber sie verscheucht alle Gedanken, die aus dieser Sorge geboren werden könnten.

*G*leich am nächsten Tag geht sie wieder die Strecke zum Steinertschen Haus. Und diesmal ist es nicht vor allem Tendoli, der sie dorthin zieht. In Chenoas Gesicht steht beim Öffnen auch heute liebevolle Sorge geschrieben.

„Dr. Seeling ist gerade bei ihm. Die Nacht war beängstigend unruhig", sagt sie und verschwindet lautlos in der Küche. Aus der strömt ein appetitanregender Duft.

Pia steht in der Halle, umgeben von der Stummheit der Skulpturen. Die Flügel der Wintergartentür sind, anders als sonst, geschlossen. Das verdunkelt die Halle. Und Pias Gedanken. Kein Laut ist zu hören. Dann aber ein leises, metallisches Klirren, das sie an das Hantieren des Arztes mit medizinischem Instrument denken lässt. Während sie noch überlegt, ob sie den Rückzug antreten soll, öffnet sich die große Holztür zum Wintergarten. Der Arzt, ein eher kleiner, rundlicher Mann mit Glatze und geröteten Wangen, guckt sie erstaunt an.

„Nanu, Besuch in diesem Hause?"

Pia stellt sich vor.

„Ah, Sie sind das, Friedel hat mir von Ihnen erzählt. Sehr erfreut."

Damit reicht er ihr die Hand, Begrüßung und Abschied in einem, denn er strebt der Küche zu.

Pia will nach dem Alten sehen, aber ein seltsames Gefühl hält sie zurück. Erst, als sie den Professor heiser rufen hört, reagiert sie.

„Dieser alte Esel! Meint, er kennt meinen Körper besser als ich!"

Sie betritt den Wintergarten. Der Alte liegt wie gestern auf der Liege und will seine schwache Stimme zu weiterem Schimpfen erheben.

„Ins Bett, lächerlich! Öffne bitte den Vorhang. Ich will in meinen Garten sehen, ins Helle, Freie!"

Sie folgt seiner Bitte gerne. Er sinkt von den wenigen Worten scheinbar erschöpft zurück in die Kissen. Sie steht noch einen Moment neben ihm, doch schon ist er eingeschlafen. Sein Atem geht schnell, aber regelmäßig. Die Neugier treibt Pia zur Küche, wo der Doktor Chenoa die Verabreichung der Medikamente erklärt.

„Er wird sie nicht nehmen!"

„Er muss", erwidert der Doktor, greift seine Tasche und eilt davon.

„Komme morgen wieder!"

Chenoa betrachtet mehrere Pappschachteln mit Medikamenten, schüttelt immer wieder den Kopf.

„Er wird sie nicht nehmen!"

Sie legt ihre Schürze ab und verlässt wortlos die Küche. Pia hört, wie sie sich ankleidet, sie will offenbar in den Garten gehen, um ihre Sorgen vom Wind fortwehen zu lassen. Sie folgt ihr. Die beiden Frauen stopfen stumm eine Weile all das aufgehäufte Laub in große Säcke. Dann hält Pia das Schweigen nicht länger aus.

„Ist es schlimm?", fragt sie.

„Schlimm? Ernst", antwortet Chenoa. Sie setzt sich ermattet auf eine Lindenbank. Pia setzt sich zu ihr. Und als hätte sich plötzlich eine Schleuse geöffnet, sprudeln die Worte aus dem so schön geschwungenen Mund der geheimnisvollen Frau.

Pia erfährt, dass der Professor ein sehr heiterer, lebhafter Mann gewesen war, bis seine Frau eines Tages verscholl und bis zum heutigen Tag nie wieder aufgetaucht ist. All seine Bemühungen und Nachforschungen haben zu keiner Aufklärung geführt. Seither hat er sich sehr verändert. Und dass Chenoa ihm sehr viel zu verdanken hat, auch das erfährt Pia. Chenoa fühlt sich ihm sehr verbunden, wie einem väterlichen Freund. Er und seine Frau hatten sie adoptiert, nachdem ihre Eltern bei einem Erdbeben in Mexiko umgekommen waren. Vierzig Jahre war das nun her. Der Professor, er und seine Frau, ihr neues Zuhause... nun ist er allein die Wurzel, die sie hält, hier im vertrauten und doch auch fremden Land.

Am Ende findet Pia einige Worte, die Zuversicht erzeugen wollen. Sie umarmt Chenoa etwas unbeholfen.

„Ich bin da, nicht nur zum Helfen bei der Gartenarbeit."

Ein offenes Lächeln tritt für einen Moment in Chenoas Gesicht, bevor es gleich wieder ernst wird und sie zum Haus zurück huscht.

Pia geht hinüber zu Tendoli. Er schweigt, als hätte auch er nachzudenken über Chenoas Erzählung. Sie streicht ihm mit einem Finger über seinen Rückenkamm. Die polierten Zacken, die schon immer einen goldenen Glanz hatten, scheinen durch regelmäßiges Darüberstreichen immer mehr zu strahlen. Ach, Tendoli, es wird Zeit, dass Torea zurück kommt! Sie betrachtet ihren kleinen Drachenfreund. Ihr wird bewusst, dass er sie in eine Welt hinein geführt hat, in der er zwar noch immer das Zentrum bildet, in der es um ihn herum aber Nebenfiguren gibt, die kräftig durch seine Geschichte und neuerdings durch ihr Leben ranken. Torea, nun gut, sie als seine Schöpferin gehört natürlich zu ihm. Aber nun sind da auch noch der alte Professor und Chenoa.

*I*hr ist, als träume sie. Es kann doch nicht sein, dass sich so etwas wiederholt – einfach so, wie aus dem Nichts.

Zum wievielten Mal sie geklingelt und geklopft hat, weiß sie schon nicht mehr. Seit Tagen geht es so. Kein Echo, kein Öffnen auf all ihr Bemühen. Bisher hat sie sich gescheut, zu insistieren. Aber jetzt gibt es kein Halten mehr. Sie blickt um sich. Fast fühlt sie sich wie eine Einbrecherin – doch auch wieder nicht, denn: hier stimmt etwas nicht! Von diesem Gefühl getrieben macht sie ihren Arm so lang es geht, greift über das Törchen, dreht den Knauf, betritt eilig das Grundstück und drückt die Tür leise ins Schloss zurück. Im Augenwinkel links die steinerne Bank, zu der sie schnell läuft. Sie ist froh, als sie Tendoli dort sitzen sieht, als sei nichts geschehen. Gleich nähert sie sich dem Haus und ruft ihre Namen: Professor Steinert! Chenoa! Es regt sich nichts. Sie klopft energisch und ungeduldig mit dem Türring. Nichts. Im Wechsel ruft und klopft sie. Aber es gibt keine Antwort. Es bewegt sich nichts. Weder im Haus, noch um das Haus herum.

„Was mache ich jetzt?", fragt sie Tendoli, neben dem sie ratlos auf der Bank sitzt. Rat weiß er keinen, aber der Wind, der gerade aufkommt und ihn musizieren lässt, scheint Pias Gedanken forttragen und ordnen zu wollen. So sitzt sie dort versunken und lauscht den zarten Tönen, die sie doch schon oft in diese andere Welt getragen haben. Als Tendoli verstummt, steht sie auf, geht zum Haus, späht zu den Fenstern hinein. Alles scheint unverändert, alles an seinem Platz. Nur der Professor und Chenoa fehlen. Keine Spur von ihnen, nichts zu sehen. Das kann doch nicht sein! Wo sind sie bloß? Noch so ein Rätsel! Erst Torea, jetzt die Beiden...

Verzagt, fast verärgert schließt sie das Gartentor hinter sich.

„Du gehst aber nicht fort, wartest hier auf mich!"

So hatte sie noch eindringlich an Tendoli appelliert.

Mit der Schuhspitze stößt sie einen kleinen, ovalen Stein vor sich her, immer gerade so weit, dass sie ihn mit einem der nächsten Schritte wieder erreichen und weiterstupsen kann. So hatte sie es auch als Kind oft gemacht. Wie ein Frage-Antwort-Spiel geht es zu; jede in ihr aufkommende Überlegung versucht sie durch das Vorankicken des Steins in gute Richtung zu bringen. Ein Nachdenken darüber ist es, warum es für manches keine plausible Erklärung zu geben scheint; dass es schwer sein kann, etwas so akzeptieren zu müssen, wie es ist, ohne zu verzweifeln. Und darüber, was Verzicht bedeutet. Und Verlust.

Verlust – dieses diffus flirrende Gefühl für Gewesenes. In Erinnerung an das Besondere des Gewesenen, dessen Wert sich nicht enthebt, sondern bleibt, auch in der scheinbaren Veränderung. Ist das alles nur eine übergeordnete Theorie? Grau, teurer Freund, alle Theorie, Grün des Lebens goldener Baum... so sagt zumindest Mephisto. Nein, befindet Pia, graue Theorie ist es nicht, sondern Gottvertrauen, das es zu haben gilt. Und eben diese ungemein große Kunst, trotz aller persönlicher Wünsche, Befindlichkeiten und Schwierigkeiten dem Leben in möglichst heiterer Gelassenheit begegnen zu können.

Verzicht – genau genommen eine Gesamt-Lebenshaltung. Genügsamkeit in positivem Sinne. Verbunden mit der Fähigkeit zur Zufriedenheit; mit dem Gegebenen zufrieden sein, das ist hohe Lebenskunst! Schon schlüpft ein ABER in Pias Gedanken und viele weitere purzeln hinterher...

Als sie vor ihrer Haustür angekommen ist, lässt sie den kleinen Stein davor liegen. Er soll sie später weiter begleiten auf der Spurensuche. Und dann ist da ja auch noch Torea, die ihr helfen kann. Könnte, wenn sie doch endlich wieder da wäre!

Und Tendoli – wer weiß...

Durch aufkommende Schläfrigkeit hindurch am späten Abend dieses Tages, von ihrem Bett aus, blickt sie noch einmal zum Dachschrägfenster hinaus nach oben. Da hängt der Mond am Himmel, der große runde, von einem milchig silbrigen Hof umgeben. Und er scheint sie in ihrer Absicht bestärken zu wollen. Eine Nacht drüber schlafen – das ist eine gute Methode, sich den Dingen des Lebens nicht zu hastig nähern zu wollen. Gelegentlich müssen auch mehrere Nächte sein, damit eine Entscheidung gutes

Maß findet. Und manchmal sind es unendlich viele Nächte, die womöglich eine Entscheidungshilfe in sich tragen, ohne sie frei zu geben.

*P*ia erwacht am nächsten Morgen mit dem Gefühl, manche Dinge hätten über Nacht vielleicht begonnen, sich zurecht zu rütteln; wie bei solch einem Objekt, das man behutsam bewegen, schütteln muss, damit ein Kügelchen an die rechte Stelle rollt oder feiner Sand sich dort ablagert, wo er hin gehört.

Während sie die Klümpchen ihres Frühstücksmüslis beim Kauen knacken und knuspern hört, übertönt ihre innere Stimme dies Zermalmen. Ruhig. Abwarten. Tendoli holen. Gemach, gemach.

Erst am späteren Nachmittag, nachdem sie alles erledigt hat, was der Alltag fordert, schlendert sie gemächlich den Weg hinaus aus den betriebsamen Straßen. Immer wieder fasziniert es sie neuerdings, wie an einer unsichtbaren Grenze mit nur einem Vorwärtsschritt von einer Sekunde zur anderen große Veränderung eintritt; wie sich der Blick plötzlich anders austarieren und weiten kann zu einem anderen Horizont.

Hier sind es die Wiesen und Felder, über die er sich in alle Richtungen unverstellt frei ausrollen kann. Gleich hinter dem Steinertschen Haus, an dem sie beherzt über das Törchen greift, den Knauf dreht und der Tür nach dem Eintreten einen Schubs gibt, damit sie hinter ihr zufällt. Sofort späht sie durch die dichten Bambuszweige, um Tendoli auf seiner Bank entdecken zu können. Sie begrüßt ihn mit einem Hallo, mein Freund, und will sich sogleich an die Gartenarbeit machen, die ja schließlich zu ihren Aufgaben gehört – auch in des Professors Abwesenheit, so findet sie. Aus dem alten Gartenhäuschen holt sie die Gerätschaften, um dann emsig damit zu hantieren. Noch immer werfen Büsche und Bäume unzählige Blätter ab – einen bunten Teppich auslegend. Pia macht sich einen Spaß daraus, Tendoli auf einen der zusammengeharkten Laubberge zu setzen. Immer auf der harten Steinbank muss ja nicht sein. Ab ins Weiche! Sein bronzenes Gewicht drückt den Blätterberggipfel ein, so dass er in einer tiefen Mulde sitzt, seinen Rückenzackenkamm gen Himmel reckend. Pia macht Pause, setzt sich auf die Lindenbank. Mit ausgestreckten Beinen, verschränkten Armen und seitlich geneigtem Kopf betrachtet sie ihn, während von oben aus der Baumkrone ein leichter Regen sanft zu Boden schaukelnder Blätter fast lautlos herab rieselt.

Was bist du nur für ein zauberhaftes Kerlchen! Aus welcher Welt kommst du, dass du mich so magisch in deinen Bann ziehen kannst? Was ist schon so Besonderes an dir? Du bist doch nur ein kleines Wesen aus Bronze. Kannst doch nichts als dort sitzen, wo man dich hinsetzt. Doch schon schüttelt Pia den Kopf. Nein, so ist es nicht. Viel mehr als einfach nur so sitzen kannst du! Du kannst musizieren, etwas zum Klingen bringen. Du kannst sprechen. Zu mir. Mit deiner ganz eigenen Sprache, die ich nie gelernt habe und doch hören und verstehen kann. Bei unserer ersten Begegnung, zu Hause bei Torea, hast du mich angesprochen, nicht ich dich. Aber ich habe mich ansprechen lassen. Und dir ganz aufmerksam zugehört habe ich, während ich dich ansah. Wärst du ein lebendiges menschliches Wesen, würde ich sagen, es war Liebe auf den ersten Blick. Liebe? Nein, lieben tue ich dich nicht. Aber ich mag dich, weißt du, ich staune über dich. Frag mich nicht, warum das so ist, was du da in mir angerührt hast! Ich kann es dir nicht sagen. Torea, deine Schöpferin, sie muss irgendetwas Spezielles in dich hinein gelegt haben. Versteckt wohl. Aber ich habe es entdeckt. Mit der Gunst, die ein Moment, ein Blick, für mich bereitgehalten haben. Da muss ein Zusammenklang entstanden sein. Ich sehe dich und spüre etwas. Ich höre dich und spüre etwas. Ich befühle dich und spüre etwas. Torea muss wohl gewollt haben, dass es so ist? Ihr Wunsch muss gewesen sein, etwas zu schaffen, das nicht nur geformt einfach da ist; stumm und dennoch sprechend, etwas bewegend, um sprachlos, still und staunend zu machen.

Und was wäre gewesen, wäre ich an einem anderen Tag mit anderen Gedanken im Kopf, in anderer Stimmung gekommen? Hätten meine Augen und mein Herz mir den gleichen Dienst erwiesen?

Ich glaube schon. Das will ich glauben. Weil ich mir nicht vorstellen kann, dass ich jemals hätte über dich hinwegsehen, an dir vorbeisehen können. Sicher hättest du einen Weg gefunden, auf dich aufmerksam zu machen, mich inne halten zu lassen. Schließlich sollte ich doch dieses Gefühl geschenkt bekommen, das mir wie eine weiße, weiche Feder ins Innere herab sinkt, dabei spürbar mit den zarten Federhaarspitzen inwändig streichend, kitzelnd. Wohlbehaglich. Wessen „Verdienst" das letztlich ist – deines, Toreas oder sogar meins, womöglich das von uns Dreien – spielt das eine Rolle? Wichtig ist doch nur, dass es Torea gibt und dich und mich und das Gespür, das diesen Zusammenklang ermöglicht.

Schön, dass es dich gibt, Tendoli!

Damit steigt Pia aus dem Gedankenfluss, der sich einfach in sie hinein geschlängelt hat. Er fließt weiter, aber sie achtet weniger aufmerksam auf sein Gurgeln, Plätschern und Rauschen, während sie Tendoli nun aus seinem Blätterbeet hebt.

„Heute ist eine Art Feiertag! Du kommst mit zu mir! Wirst mein Gast sein für eine Weile."

Sie sieht ihn an, dreht ihn so, als könnten sie sich in die Augen schauen und sie lacht, als der Wind sich wieder einmal einmischt, um Tendoli eine Antwort singen zu lassen.

„Schon irgendwie verrückt...", denkt sie und schüttelt den Kopf.

Verantwortung für den Garten und für Tendoli. Moment, denkt Pia. Für den Garten, ja, das ist gut und notwendig. Er soll ja nicht zu sehr verwildern. Aber Verantwortung für den kleinen Drachen? Was sollte schon passieren, wenn er dort einfach auf seiner Bank sitzen bliebe? Nichts vermutlich. Aber sie will zweierlei: ganz sicher gehen und eine besondere Gelegenheit ergreifen; nämlich die, genau das tatsächlich eintreten zu lassen, was sich schon des öfteren in ihrer Vorstellung abgespielt hat – Tendoli in der Umgebung ihres Zuhauses sehen. Sie ist sicher, dass weder der Professor noch Torea etwas gegen seinen Ausflug einzuwenden hätte, setzt ihn in den mit einem Tuch gepolsterten Korb, den sie trägt, als sei darin feinstes Porzellan. Was wäre, wenn der Professor zurück käme und Tendolis Verschwinden bemerkte? Das hatte sie sich gefragt und deshalb einen Zettel mit einem Stein beschwert auf die Bank gelegt. Darauf stand:

Ich mache einen Ausflug zu Pia nach Hause. Bis bald
Tendoli

*W*ie einen Schatz, eine Trophäe, holt Pia den kleinen Drachen zu Hause aus dem Korb.

„Willkommen!"

Sie steht mit ihm mitten in ihrem Wohnzimmer, blickt um sich.

Wo könnte es dir gefallen? Und wo könntest du mir besonders gut gefallen? Vielleicht dort auf dem kleinen Tischchen, das mit seiner Spieluhr auch musiziert, klappt man seine Deckelplatte hoch? Oder dort auf dem stummen Tischchen neben dem großen Fenster vor dem ovalen Bild, das eine Waldlichtung zeigt, in die ein helles Lichtbündel strahlt? Du könntest dich auch auf die Fensterbank setzen und den ganzen Raum von dort überblicken. Oder hinaus ins Freie. Möchtest du womöglich am liebsten draußen sitzen, zwischen den Zweigen des Mandelbäumchens? Auf dem Mäuerchen vor dem Flieder? Pia folgt ihrer letzten Eingebung und setzt den kleinen Drachen mitten auf ihren zart olivgrün gestrichenen Schreibtisch, auf das dunklere Grün des Leders der geschwungenen

Platte. Vielleicht erst mal hier am Fenster. Während sie sich durch ihre Wohnung bewegt, um dies und jenes zu verrichten, schaut sie immer wieder zu ihrem Gast. Ob er sich wohl fühlt hier? Bevor sie sich später wie so oft auf den Weg macht, um ihr altes Mütterchen zu besuchen, tippt sie ihm aufmunternd auf jede kleine Zacke seines Rückens.

Am Abend gießt sie sich ein Glas guten Rotwein in das schöne Glas, aus dem schon ihre Großmutter gerne trank.

„Feiertag, Tendoli!" sagt sie und prostet ihm zu.

Ihr ist insgesamt irgendwie feierlich zumute, also auch nach feierlicher Musik. Henry Purcell und sein „Come Ye Sons of Art " wählt sie aus. Da kann Tendoli doch mit musizieren!

„Stimm einfach mit ein", hört sie sich sagen, als ihr Fingernagel über sein Rad streicht und seine metallisch anmutige Ergänzung zu Orchester und Gesang ertönen lässt.

*I*n den folgenden Tagen, immer, wenn ihr Blick auf Tendoli fällt, durchzuckt sie ein Gefühl von Freude, wenngleich sich auch ihr Gewissen meldet.

„Ich weiß doch. Er ist doch nur zu Besuch. Ich bringe ihn bald wieder zurück!"

Ihr Wohnort ist nicht weit von der Universität entfernt, an der zwei ihrer drei Kinder studieren. Sie sagen, sie kämen gern öfter, wäre sie öfter zu Hause anzutreffen.

„Aber du bist ja neuerdings dauernd auf Achse", meint Korbinian, ihr Sohn, lacht und legt seinen Arm um ihre Schulter.

„Gut so", meint Jana, ihre Tochter, die sich am neuen Leben ihrer Mutter auch mit freut.

Die Rucksäcke der Beiden liegen am Boden. Sie wollen die Zeit bis zum Beginn der nächsten Vorlesung mit ihrer Mutter genießen, an ihrem errungenen Frieden teilhaben. Und wieder einmal darüber staunen, was alles nun anders ist; angefangen beim veränderten Äußeren ihrer

Mutter, die nicht wie eine graue Maus wirken will. Pia winkt ihnen fröhlich nach, als sie aufbrechen müssen.

Sie haben Tendoli gar nicht bemerkt, wundert sie sich. Aber ich weiß ja...

$\mathcal{P}$ia schaut immer wieder mal beim Steinert-schen Haus vorbei. Es kann doch nicht sein, dass nun auch noch Chenoa und der Professor einfach verschwunden bleiben! Gerade will sie sich aufmachen zur Chorprobe, da klingelt ihr Telefon. Mit vielem hätte sie gerechnet, aber nicht damit: Toreas Stimme erklingt! Frisch und fröhlich gießt sie einen Redeschwall in die Leitung.

„Da bin ich wieder! Ich wollte dir eigentlich schreiben, mich bei dir melden, aber in Moliria zu sein, das ist, als hätte man nur noch einen kaum greifbaren, hauchdünnen Faden als Verbindung zu allem, was man in der anderen Welt zurück gelassen hat. In der Ferne möchte man diesen Faden aufnehmen, aber schon wabert er leicht tanzend durch die Luft, lässt sich nicht greifen! In Moliria zu sein, das ist wie ein Abtauchen mit viel Luft, ohne Schnorchel. Wie ein Gleiten, eine Expedition ins innere Leben. Meine Freundin Babette beschreibt ein ähnliches Empfinden, immer wenn sie sich für eine Zeit in ein Kloster zurückzieht. Pia, ich glaube, schon lange hat mir das Bildhauen nicht mehr so viel Arbeit und Freude gemacht! Da bist du wie in einem Rausch – ganz ohne übliche Rauschmittel wohlgemerkt. Die Droge – das ist deine blühende, sprießende Kreativität mitten in wunderbarer, friedvoller Natur. In der Stille."

Pia möchte den Redefluss unterbrechen, aber Torea lässt dazu keine Gelegenheit.

„Übrigens: Professorchen und Chenoa, sie sind jetzt dort. In Moliria."

Da poltert Pia energisch dazwischen.

„Sie sind wo? Warum? Seit wann? In Moliria? Das ist doch...."

„Ja, das ist wunderbar, herrlich", bemerkt Torea, „zugegeben, er kam dort in ziemlich erbärmlichem Zustand an und ich war mir nicht sicher, ob er sich mit dieser Reise tatsächlich einen Gefallen getan hat. Aber jetzt weiß ich`s – er hätte es nicht vortrefflicher machen können! Es geht ihm besser, gut wie schon lange nicht mehr, glaube ich. Und Chenoa, sie flitzt oft leichtfüßig umher, wenn sie sich nicht gerade in der Hängematte schaukelnd ihren Tagträumen an Mexiko hingibt, während der Alte stundenlang arbeitet, ohne Anzeichen von Erschöpfung.

Als er kam, hat er gebrubbelt, solange es irgendwie überhaupt noch geht, wollte ich noch ein Mal hierher. In dieses wunderbare Land der geheimnisvollen Leichtigkeit. Chenoa hatte besorgt drein geblickt und ihn bei jedem Schritt stützen müssen, mehr noch als der Krückstock in seiner Hand. Er sah schwach und eingefallen aus, bewegte sich kraftlos und unsicher, weigerte sich strikt, irgendeine Medizin zu nehmen. Chenoa war verzweifelt und irgendwie hilflos, was ja sonst gar nicht ihre Art ist! Die ersten zwei Wochen lag er nur, draußen unter dem gespannten Tuch, schlief viel und sprach kaum. Aber dann war es, als stiege er plötzlich aus einem Jungbrunnen. Wie ausgewechselt! Beweglich, voller Tatendrang. Chenoa rief er mit kräftiger Stimme zu: Ich habe es dir doch gesagt. Sobald ich die Cantovögel singen höre und die Glübribäume blühen sehe, ihren Duft einatme, geht es mir besser! Dazu um mich herum die laue Luft, das Rauschen des Meeres, den wogenden Wind, die sanftbuckligen Hügel und all die prächtigen Farben der Natur – und eine Vorfreude auf all das, was sich ereignen kann. Et voila!"

„Und jetzt?", kann Pia schnell einwerfen.

„Jetzt ist er umgeben von seinen Skulpturen, an denen er unermüdlich unter freiem Himmel arbeitet. Macht er eine Pause, geht er zu seinem Hippie- Freund Papetu in dessen windschiefe Strandbar. Die solltest du mal sehen! Die gibt es dort schon ewig. Diese Strandbar ist eine Institution, kann ich dir sagen! Und Zufluchtsort. Übrigens nicht nur für den Professor."

Für einen Moment spricht Torea gedämpft weiter.

„Schließlich hatte er dort doch seine Frau kennen gelernt..."

Ein kleines Seufzen, eine kurze Pause.

„Die hättest du mal erleben sollen! Eine faszinierende Mischung aus Elfe und Hofmarschallin. Stell sie dir vor wie eine von einem Popart-Künstler gemalte Renaissance-Schönheit."

Torea spricht langsamer, noch leiser.

„Manchmal sitzt er dort lange und schaut hinaus aufs Meer... als würde er ihre Rückkehr von dort erwarten. Manchmal hält er es nicht aus, steht auf und verlässt die Bar, alles Leben aus seinem Gesicht gewichen...Dann denkst du, er sei nur noch eine aus Knochen zusammengesetzte Gestalt, die gleich in sich zusammenfällt. Und dann wieder tanzt er plötzlich sogar mit Chenoa, die nur noch staunt. Sie versorgt ihn mit gutem Essen, mit all den exotischen Früchten, erfrischenden Säften, frisch gebackenem Brot. Und oft beobachtet sie ihn im Schwung der Hängematte, ein friedliches Lächeln auf ihrem Gesicht. Aber das ist ein Auf und Ab, Hin und Her auch mit ihm. Es passiert immer wieder, dass er plötzlich in einer eisigen Traurigkeit erstarrt. Dann sitzt er unter einem der Regenschirmbäume im Sand und sein Blick ist so, so... "

Torea sucht das Wort und Pia will eigentlich Fragen stellen. Stattdessen ziehen in ihr Bilder auf und sie hört eine fremde Stimme: Komm herein, locke ich. Ich, die windschiefe Strandbar. Ich bin deine Oase! Und viele kommen. Manche immer wieder. Seit vierzig Jahren rappele ich mich hier immer wieder auf, trotze allen Anfechtungen. Und was ich hier alles zu sehen und zu hören bekomme! Heute ist es voll. Da sitzt der alte Professor mit zwei fremden Frauen am Tisch. Seine hat er hier bei mir kennen gelernt. Was für ein Paar! Und nun ist sie verschwunden. Niemand weiß etwas, auch ich nicht. Es bleibt ein Rätsel. Und er leidet wie ein Hund. Schau ihn dir an. Er ist hierher zurück gekehrt, hofft, hier ist es erträglicher. Aber... Ich höre, dass er den Beiden gerade von mir und unserem Land vorschwärmt ... Und was ist jetzt? Hat eine der Beiden etwas Falsches gesagt? Er geht plötzlich.

Hat wieder diesen verzweifelt gequälten Gesichtsausdruck. Da hört er mein bleib doch noch ein bisschen nicht. Die Mexikanerin, die ihn oft begleitet, schaut besorgt. Sie strahlt solch eine Wärme aus, wird ihm sicher gleich folgen. Meine Tür steht offen. Kommt wieder, wenn ihr Schatten sucht, lasst euch vom Wind umspielen und gebt ihm etwas mit...

Pia taucht auf aus dem Bild, hat noch diese sanft säuselnde Stimme im Ohr. Wieder schüttelt sie den Kopf. Dann hört sie erneut Torea.

„Und die arme Chenoa hatte ja eigentlich gehofft, von Moliria aus nun endlich die Reise nach Mexiko anzutreten. Sie will sehen und fühlen, wie es heute im Land ihrer Ahnen ist. Aber der Dios de los muertos ist verstrichen, ohne dass sie abreisen konnte. Sie will den Professor doch nicht alleine lassen, solange er so... so zerbrechlich ist. Er hat ja gehofft, in Moliria Erklärungen zu finden, alles besser verarbeiten zu können, aber... Na ja, und den Dia de los muertos, den hat sie geschmückt und gefeiert wie auch zu Hause immer. Blumen über Blumen, Orange, herrliche Speisen, Musik und Tanz. Da kriegt der Tod ein anderes Gesicht!"

„Aber warum hat er mir nichts gesagt?", fragt Pia darüber hinweg wischend.

„Keine Ahnung. So ist er eben. Ich soll dich grüßen und dir ausrichten, er freut sich, wenn du mal nach Haus und Garten siehst. Du sollst es dir bei Herrn Blechen ruhig gemütlich machen."

„So, so. So denkt er sich das. Das geht doch gar nicht, ich kann doch gar nicht ins Haus rein!"

„Doch, sagt Torea, du hast doch den Generalschlüssel." Pia stutzt, denkt nach. Und dann erinnert sie sich. Für den Notfall. Falls wir einmal nicht da sind - damit hatte er ihr einen Schlüssel in die Hand gedrückt, den sie seither in der Handtasche aufbewahrt, die sie so selten benutzt. Es war gar nicht richtig in ihr Bewusstsein vorgedrungen, diesen Schlüssel zu verwahren.

„Jedenfalls scheint er ja viel Vertrauen zu dir zu haben, Pia! Und dass ihr euch kennen gelernt habt, das ist.....“

„Willst du denn gar nicht wissen, wo Tendoli gerade ist?“, unterbricht Pia und will Toreas Aufmerksamkeit damit umlenken.

„Wo soll er schon sein? Ich vermute... er ist bei dir.“

„Aber woher...“

Pia ist verblüfft und kommt wieder nicht zu Wort.

„Na“, erinnert Torea, „er ist unverkäuflich. Das habe ich dir immer gesagt. Und dabei bleibt es auch.“

Diese Worte scheinen die Luft und Pias Gedanken messerscharf zu zerschneiden. Sie will stammeln, das sei doch selbstverständlich, ganz klar.

„Aber ich schenke ihn dir!“

Pia ist vollkommen verdattert. Sprachlos. Überwältigt. Während sie sich sammelt und begreifen will, was sie gerade gehört hat, scheint Torea sich vom Redegewitter auszuruhen, denn sie schweigt ebenfalls. Dann trumpft Pia auf.

„Weißt du was? Er war schon *mein* Tendoli, bevor du auf diese Idee kommen konntest. Und ich möchte, dass er als *mein* Tendoli sein Zuhause bei dir, seiner Schöpferin, behält. Da gehört er hin! Ich danke dir, liebe Torea. Und ich weiß sehr wohl zu schätzen, welch wunderbares Geschenk du mir machen willst. Auf meine Weise nehme ich es gerne an, wenn du damit einverstanden bist."

Torea ist erstaunt, überrascht. Vielleicht sogar ein wenig enttäuscht.   In der Telefonleitung surrt und knistert es leise.

„Wir werden Tendoli entscheiden lassen. Mit seiner Musik wird er uns antworten", schlägt sie vor.

Pia zögert, überlegt einen Moment.

„Ja, vielleicht ist das eine gute Möglichkeit. Wir werden sehen."

„Und uns werden wir sehen!", ruft Torea fröhlich ins Telefon. „Komm doch morgen mit Tendoli zu mir zum Frühstück."

Nur zu gerne trifft Pia diese Verabredung zum Schluss des Telefonats. Toreas Redeschwall ist von der Telefonleitung in Pias Ohr gekrochen und breitet sich von dort aus – als eine Masse verschiedenster Informationen, die ein Eigenleben führen und sich aufmachen, andernorts ihre Wirkung zu zeigen. Sie vermischen sich mit allem, was zu Pias Leben gehört. So beschäftigen sie Fragen, die sie anderen, aber vor allem sich selbst stellen will.

*K*omisch, irgendwie bin ich aufgeregt, das spürt sie, als sie mit Tendoli im Korb auf dem Rücksitz ihres kleinen Autos am nächsten Morgen zu Torea fährt. Ein Anflug seltsamer Wehmut beschleicht sie. Aber frischen Mutes geht sie dann den vertrauten Weg über das holprige Pflaster. Ganz ruhig ist es hier im Hof, der Tag ist noch unangetastet. Der gelockte Gärtner winkt ihr freundlich zu.

„Ach, schön, auch mal wieder da!", ruft er.

„Ja, so, wie Torea," antwortet sie und er lächelt kopfnickend.

Sie zieht am Klingelband, wirft einen liebevollen Blick in den Korb und wartet. Nicht lange, denn schon öffnet Torea. Sie ist braun gebrannt, ihre langen Haare sind vom Sonnenlicht golden aufgehellt. Die beiden Frauen sehen einander einen Moment stumm an, umarmen sich zur Begrüßung, um ihrer echten Freude über das Wiedersehen Ausdruck zu geben. Dann blickt Torea in den Korb, als würde dort eine Überraschung verborgen sein. Sie greift hinein, holt den kleinen Drachen heraus und betrachtet ihn eingehend.

„Ganz der alte, unversehrt", stellt sie zufrieden fest.

Sie trägt ihn zum Regal an seinen angestammten Platz. Dort sitzt er wieder, als sei er gar nicht fort gewesen.

„Was er dir wohl alles erzählen könnte...", denkt Pia.

Torea bittet sie an den Frühstückstisch. Der Himmel ist trübe, die feuchtkühle Herbstluft senkt sich auf Haus, Hof und Garten. Da ist es gerade recht, dass im Kamin ein Feuerchen brennt. Es ist ein reichhaltiges Frühstück der Beiden; reich an vielerlei, das im Gespräch fruchtet. Pia hat fast den Eindruck, nach Moliria gereist zu sein, nachdem Torea ihr vieles in farbiger Lebendigkeit geschildert hat. Pia erzählt ihr von dem Zaubermaterial, mit dem der Professor sie in seiner Werkstatt hat experimentieren lassen. Torea legt schließlich Holzscheite nach.

„So. Was meinst du? Sollen wir Tendoli jetzt mal sprechen lassen? Schließlich hat er eine wichtige Entscheidung zu treffen! Wir müssen ihn mit in den Garten nehmen."

Sie gehen hinaus. Torea setzt ihn auf das große Ei, das dort im Kiesbett ruht. Dort ist der richtige Platz für einen kleinen Drachen in so weitreichender Mission! Ob sich Tendoli seines Amtes bewusst ist, bleibt ungewiss, denn er sitzt dort, in unerschütterlicher Gelassenheit. Und Pia sieht in diesem Moment wieder genau das, was den Zauber der ersten Begegnung geprägt hatte. Eine kleine Gestalt mit großer Wirkung in seiner Haltung, seinem Ausdruck. Friedvoll, freundlich. Etwas in sich gekehrt, melancholisch, dennoch offen, munter und aufbruchbereit. Würdevoll.

Sie warten auf zwei von Wind und Wetter gegerbten alten Hockern in seiner Nähe sitzend. Pia friert. Torea hat sich in eine gemusterte Decke gehüllt, erinnert an eine Squaw. Die feuchte Luft senkt sich in winzigst kleinen Tröpfchen auf alles, was hier draußen ist. An mancher Stelle sammeln sich viele von ihnen und bilden einen größeren Tropfen, der mit kaum wahrnehmbarem Geräusch herab fällt. Dies Geräusch in Abständen immer wieder, aus der Ferne ein Klappern, das Brummen eines Motors, dann wieder Stille. Windstille. Absolut kein Lüftchen regt sich, während an den Vortagen Bruder Wind tüchtig herumstrich und hier und dort dazwischenfuhr. Pia und Torea, sicher auch Tendoli, sie warten auf den Wind, der nicht kommt.

„Dann fragen wir ihn eben an einem anderen Tag", beschließt Torea, „wie wäre es morgen?"

„Ja, jedenfalls wäre es irgendwie geschummelt, wenn wir eingreifen, Tendolis tönende Entscheidung hervorbringen würden. Das müssen wir schon den beiden Naturburschen überlassen", meint Pia.

Auch am frühen Abend des nächsten Tages gibt es keine Antwort von Tendoli.

„Er kann sich eben noch nicht entscheiden. Das will alles gründlich überlegt sein", meint Pia.

„Gut, einmal versuchen wir es noch."

Bei der dritten Zusammenkunft drei Tage später sitzen sie wieder auf den klapprigen Hockern. Kaum hat Pia gedacht, heute wird es passieren, als ein heftiger Windstoß die Lampe zum Schaukeln bringt, die ihnen gerade den Weg hinaus in den Garten geleuchtet hat. Tendoli thront wieder auf dem großen Ei, wie eine bedeutende Person, deren wichtige Entscheidung gespannt erwartet wird. Ein leichter Wind war schon während des Tages aufgekommen, hatte an Kraft immer mehr zugenommen, bis er sich so übermütig aufschwang, einigen Damen die Hüte vom Kopf zu pflücken und selbst den Herren , die es gewohnt sind, mit den Fingern einer Hand an der Krempe darauf vorbereitet zu sein.

Noch bevor die beiden Frauen ihre Hocker zurechtgerückt haben, beginnt Tendoli zu musizieren. Erst noch etwas verhalten, dann zunehmend inbrünstig. Seine Töne schwellen an zu einem ganzen Drachenschwanzrad-Orchester, das ein besonders eindringliches Konzert geben zu wollen scheint. Der Wind ist Komponist und Dirigent zugleich.

„Er will wohl gar nicht mehr aufhören", meint Torea.

„Psst", sagt Pia, „warte noch einen Moment!"

Sie lauscht weiter, konzentriert und höchst angetan. Dann scheint der Dirigent dem Musiker und den Zuhörern eine Pause zu geben. Torea nimmt den kleinen Drachen mit ins Haus,

Pia folgt den Beiden. Auf dem kleinen Tisch am Kamin steht Tendoli, vom Feuer beschienen und gewärmt. Seine bronzene Haut schimmert an manchen Stellen kupfern, an anderen braun, grün und gülden. Der Lichtschein des Feuers flackert durch die Poren seines Fächerrads und wirft winzige flirrende Tupfer an die Wand.

Und was hat er nun gesagt? Das steht im Blick beider Frauen.

„Ich glaube, verstanden zu haben, dass er hier bei dir bleiben will", sagt Pia.

Torea guckt erst Pia an, dann Tendoli, danach wieder Pia. So wandert ihr Blick einige Male hin und her, bevor er sich in die Flammen des Feuers senkt.

„Ja, es mag sein, dass du ihn richtig verstanden hast. Gehen wir mal davon aus. Aber ich habe ihn auch sagen hören, dass er sich deine Besuche wünscht und immer dann Gast bei dir sein möchte, wenn ich einmal längere Zeit nicht hier sein sollte. Und irgendwas von Feiertagen hat er gemurmelt..."

♫

Zufrieden schweigend sitzen sie noch eine Weile beisammen. Pia lächelt und in ihr ziehen mit der Wärme des Feuers Bilder auf. Chenoa... das Warme, Orange, still Lebendige. Und das schrullig Anrührende, Zerbrechliche des Professors. Pia wünscht sich fast, sie mögen dort bleiben, in Moliria, das Hoffnung auf Heilung und Aufbruch verspricht.

Und sollte sie nicht auch ...? Aber wer weiß, vielleicht...

Und man soll es kaum glauben...

Tendoli, als er da so über sein eigenes Schicksal bestimmend eine Entscheidung treffen sollte, empfand plötzlich eine tiefe Sehnsucht. Er träumte davon, sich aufzuschwingen und einen kräftigen Wind der Freiheit durch seinen Fächerradschwanz wehen zu lassen... zu fliegen in seligen Höhen, immer weiter und weiter...

Ich danke Simone Elsing, deren bildhauerisches Schaffen mich zu dieser Erzählung inspiriert und sie möglich gemacht hat.